中国历代通俗演义故事·农闲读本

于公案

原著 佚 名
编著 王颖 张佩璐 雨虹
插图 姚博峰

吉林出版集团股份有限公司

图书在版编目(CIP)数据

于公案/王颖,张佩璐,雨虹改编.—长春:吉林出版集团股份有限公司,2008.11(2023.8重印)
(中国历代通俗演义故事:农闲读本)
ISBN 978-7-80762-938-2

Ⅰ.于… Ⅱ.①王…②张…③雨… Ⅲ.侠义小说—中国—清代—缩写本 Ⅳ.I242.48

中国版本图书馆CIP数据核字(2008)第165844号

YUGONG AN

书　　名	于公案
出版策划	崔文辉
责任编辑	徐巧智
出　　版	吉林出版集团股份有限公司
	(长春市福址大路5788号,邮政编码:130118)
发　　行	吉林出版集团译文图书经营有限公司
	(http://shop34896900.taobao.com)
制　　作	猫头鹰工作室
电　　话	总编办 0431-81629909 营销部 0431-81629880
印　　刷	三河市金兆印刷装订有限公司
开　　本	889×1194 毫米 1/32
印　　张	6.25
字　　数	99千字
版　　次	2008年11月第1版
印　　次	2023年8月第2次印刷
标准书号	ISBN 978-7-80762-938-2
定　　价	38.00元

(如有印装质量问题请与出版社调换。联系电话:18533602666)

前　言

本书根据清代小说《于公案》一百四十五回版本改编。

《于公案》是公案小说的代表作之一,与《包公案》《施公案》《海公案》《彭公案》以及《狄公案》并列为我国公案小说的代表作。原著在20世纪40年代就已失传,这个一百四十五回的版本是由说书艺人根据多种散佚本以及民间传说总结而成的,作者不详,多位说书艺人都曾对它补充修改过。所以,这本书不是某一个人的作品,而是民间集体才思的结晶。

本书主要讲述了清代"天下第一廉吏"于成龙审案破案的故事,重点刻画了于成龙清廉善谋的形象。书中的故事情节跌宕起伏、破案过程峰回路转,既有真实的历史,也有人为的加工想象。

本书共三十五回,主要讲述了十几个案子。这些案件,有因钱财而起的,如徐立骗表弟张琳、刘屠户杀害女婿李进禄、柳宁陷害表哥井纯、娄能杀人移尸、赖能杀害恩人殷员外;有因女色生祸的,如皮八奸杀裴彩云、孟员外抢时香兰、山万里夺向丽娟、侯春强娶何秀芳等;有情节离奇的,如于成龙断案时用旧鼓断案、给筛子用刑、花驴告状、天鹅求救、螃蟹作证等;有鬼神传说的,如韦驮爷托梦、城隍爷红门寺搭救于成龙、李进禄冤魂托梦、殷员外冤魂上公堂告状等。从神仙鬼怪帮助于成龙断案这一点上，多少可以看出民间对于成龙的神化，寄托了百姓们对他的崇拜和拥戴，表达了人们希望惩恶扬善的美好愿望。

于成龙审案十分重视调查取证，在多数情况下，于成龙是掌握了证据足以证明此人就是凶犯的时候才动用刑罚。而且为了破案，身居高官的他能够亲自微服私访，多次假扮算命的道士，装成做买卖的商人，不仅不惧艰难险阻，甚至不顾个人安危深入虎穴，这一点是值得人们使用笔墨赞扬、吟咏诗词歌颂的。

本书可以让您看到人性中的"恶"，看到人们欲望的膨胀，为了酒、色、财、气而横生祸端；但是本书也可以让您看到"善"，希望于成龙的智谋善断、清正廉洁，杨素娟、向丽娟、时香兰、何秀芳等这些女子的不屈从权贵、美丽而又忠贞，动物的忠诚护主和灵性逼人等这些美好的事物会给您留下深刻印象。

在改编的时候，笔者尽量维持原文的语言风格，保留章回体小说的结构特点，保存人物对话以揭示人物性格特征，希望既能让您欣赏到于成龙的机智敏锐，也能领略出古典小说的语言之美。

编　者

目录

引　子	于成龙山东赴任	韦驮爷显圣托梦	/001
第一回	吕公子济南投亲	杨家悔亲骗衣襟	/003
第二回	恶凶徒怒杀彩云	吕公子含冤落难	/008
第三回	杨小姐女扮男装	于成龙神杵捉凶	/015
第四回	花驴儿为主鸣冤	于成龙破杀妻案	/021
第五回	寡妇与道士私通	于成龙旧鼓断案	/029
第六回	争夺筛子抢雨伞	于成龙物归原主	/034
第七回	青天暗寻石秀英	扮道士入锥子营	/038
第八回	红门寺里险丧命	神仙相助斩恶僧	/043
第九回	郑小姐含羞上吊	张公子屈打成招	/048
第十回	施巧计徐立遭擒	于成龙公堂做媒	/052
第十一回	方从益攀高嫁女	恶道士谋财害命	/057
第十二回	方从益嫌贫悔婚	于成龙巧定牢笼	/062
第十三回	李进禄济南投亲	斩曹操清官执法	/070
第十四回	恶屠户谋害女婿	李进禄冤魂托梦	/074
第十五回	刘氏女深明大义	于大人巧遇凶徒	/079

084 / 第十六回	斩凶徒百姓称快	访盗贼假鬼遭擒
090 / 第十七回	扮道士智骗赃物	梦鹌鹑巧猜安九
098 / 第十八回	风流太岁抢佳人	齐秀才救妻落难
106 / 第十九回	进宝探监巧救主	于大人定兴私访
110 / 第二十回	于成龙堂审色棍	时香兰夫妻团圆
113 / 第二十一回	冯素英邀约赠银	封公子泄密杜园
118 / 第二十二回	傻封真含冤入狱	于成龙睡梦猜字
122 / 第二十三回	锁杜园封真脱罪	拿恶妇秋氏鸣冤
126 / 第二十四回	害井纯柳宁设计	山万里买通娄能
133 / 第二十五回	骗佳人柳宁提亲	向丽娟改嫁救夫
136 / 第二十六回	向丽娟巧定牢笼	山万里贪欢中计
142 / 第二十七回	小素贵为主伸冤	白天鹅公堂告状
148 / 第二十八回	宗恶人巧辩公堂	贪知府欲斩井纯
151 / 第二十九回	衙役赴法场救人	苦井纯沉冤得雪
154 / 第三十回	冯文大意上贼船	殷员外被害托梦
161 / 第三十一回	冤魂上堂讲遭遇	五六爪螃蟹告状
167 / 第三十二回	何素为女挑佳婿	侯恶人商量定计
172 / 第三十三回	孙馨被发配湖南	孝女为救父重婚
178 / 第三十四回	恶侯春调戏田氏	穷郎能告状被抓
185 / 第三十五回	于成龙私访明察	众良人冤情昭雪

引 子

于成龙山东赴任
韦驮爷显圣托梦

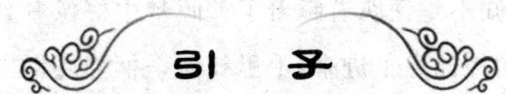

天朝盛世产忠良,万古流芳姓字香。

君正臣贤超万代,于公公案永绵长!

清朝康熙年间,有一位官员叫于成龙,他聪慧过人,为官清廉,善于谋断,曾审花驴巧拿恶贼,问筛子断主人,为死刑犯申冤,让夫妻团圆,屡破奇案,为百姓所拥戴。

于成龙从边远地方的小知县做起,历任知府、道员、按察使、布政使、巡抚、总督、兵部尚书和大学士等职,政绩卓越,百姓称赞,二十年间被皇上多次赞赏、提拔。在他做山东按察使期间,发生了一件怪事。

一天,于成龙独自一人坐在书房里,忽然刮起一阵大风,卷着些沙土,迷得于成龙睁不开眼睛。一会儿风住了,一片枇杷叶出现在书桌上。于成龙拿过来仔细一看,心里觉得很奇怪:"现在是四月份,正是春天,花开得十分茂盛,怎么会飘来枇杷叶呢?而且山东并不生长枇杷,南方才有,这片叶子被风吹来,一定有什么原因。俗话说:大千世界无奇不有。现在我于成龙来到山东,担任按察使,官不小,所以责任重大啊!刚才狂风吹来枇杷叶,其中一定有冤情……"于成龙想着想着，不知不觉便趴着睡着了。睡梦中好像看到一位身穿金色盔甲的神仙走了进来，手里托着一柄降魔剑。于成龙连忙站起来向神仙鞠了一躬，说："这位仙家，无事不登三宝殿，请问您光临寒舍有什么事情啊？"神仙笑了笑说："我是这一片的护法，这个地方出现了冤情，我特意来告诉你的。刚才大风吹来的枇杷叶，就是杀人犯的姓名。你现在也许弄不清楚，过几天你就明白了。那时会有人女扮男装来告状，你一定要认真办案，我会帮助你了结此案。你一定要记住我今天的话，醒来之后要好好想想，我回天庭去了。"只见一道金光一闪，神仙不见了。于成龙从梦中惊醒，揉了揉眼睛，想了想："到底是何冤情，使得护法神韦驮爷托梦给我？"他百思不得其解，便把枇杷叶放在一个小匣子中，离开书房吃晚饭去了。

第一回
吕公子济南投亲
杨家悔亲骗衣襟

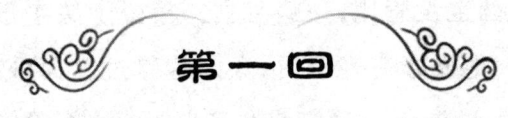

江南淮安县太平村有一个秀才,名叫吕德心,年方十八,才华横溢,相貌出众,风度翩翩。他父亲年轻的时候做过官,告老还乡后病死了,只留下他和母亲曹夫人,以及一个老仆人蔡正,三人过着清贫的生活。

一天早上,曹夫人早起做饭,却发现米缸空了,柴棚也见底儿了。无奈之下,曹夫人翻箱倒柜,想找一件值钱的东西当掉,来补贴家用,但是值钱的只剩下祖传的一只金凤钗了,能值几十两银子。曹夫人舍不得当掉这只祖传金凤钗,但眼下没米没柴,为难得两眼落泪。这时,吕公子看见母亲流泪,便关心地询问:"娘,您这是怎么啦?是不是我不懂事没照顾好您啊?还是您身体不舒服?"曹夫人想了想,说:"儿子,如今你已经长大成人了,娘只有一个心愿未了。跟你自幼定亲的杨小姐已经十七岁了吧,咱家穷得饭都吃不上,没有钱给你娶媳妇,你还是去历城投靠你的岳父杨安吧,叫他帮你娶亲,完成娘的心愿,娘就死也瞑目了。"于是曹夫人典当了金凤钗,把银子交给吕公子当作路费,吕公子便带上老仆人上路了。

一路上,吕公子与老仆人二人相互照应。不料老仆人忽然得病,吃药也没管用,一病身亡。吕公子买了棺材为老仆人送了终。他操办完丧事后,竟因劳碌过度而卧床不起了。这一病就是十多天,好转后吕公子发现自己的路费只剩下二三百文了,只好变卖了随身衣物,凑了点路费继续赶路。这一路,吕公子走得风尘仆仆,衣衫破旧,不由得开始担心岳父大人会不会嫌弃自己,顿觉又无奈又伤心。

吕公子终于走到了历城,但不知道岳父家在哪边,于是向路边的一位老人打听:"请问老人家,城中可否有一位名叫杨安的?他做过桃源县知县,如今告老还乡,听人说就在这城中居住。"老人看了一看吕公子,说:"年轻人,你问的是杨近溪吗?"吕公子说:"就是他啊。"老人说:"他现在不在城里住了,搬到了离城五里的秀水庄。"

吕公子急忙赶出城,一路逢人便问,终于找到了秀水庄的杨家。只见杨家门楼高大,两边坐着十多个家仆,很有气势。公子开口问道:"请问杨老爷在家吗?我是淮安县吕老爷的公子,到这来投亲。"众家仆平时也听见他家主人说过,知道是位贵客,虽然衣帽不整,但都不敢怠慢。众家仆连忙站起来说:"姑爷,老爷在家,待小人进内送个信儿。"不一会儿,家仆杨兴传出信来:"老爷吩咐,快快请姑爷进来!"吕公子听了十分高兴,随家仆进门。杨老爷也前来迎接,一抬头瞧见吕公子衣衫破旧,不觉心中大怒,没说一句话就转身走了。这下家仆们都愣住了,又不敢让姑爷进内,又不好赶他出去,一齐挤眼弄眼,没有敢说话的。吕公子满脸通红,无奈地说:"老爷刚看见我就回房去了,一定有原因。"家仆杨兴叹了叹气,说:"姑爷,我家主人性情刚暴,刚才转身离开,不知他心中想法,请姑爷到前厅坐一下,容小人前去询问老爷后再给您答复。"讲话之间,有人叫:"杨兴,老爷叫你到书房说话。"杨兴便去见杨老爷。只见杨老爷怒睁着眼睛,用手指着他大骂道:"该死的奴才!那人明明是一个叫花子,假冒姑爷来投亲,你也不分青红皂白,就来瞎传信儿!"把腿一扬,一脚踢得在旁的书童连连叫苦。接着,杨老爷又把家院唤来大骂。家院说:"老爷息怒,哪有人敢冒名认亲啊?他说他有衣襟作证(古代男女双方自幼定亲时的信物,多为女方的一块衣襟),他家仆人途中得病身亡,他也得了病,将路费花得差不多了,就把所有衣服都当掉了,所以才像个叫花子。老爷您不必急躁,认他还是不认他,还是听您的。"

杨老爷听后,心下暗想:"这事儿难办了。若要退亲,他有衣襟作证;想不收留他,又有点理亏。可是我杨家家境殷实,却招个穷女婿,恐招邻居耻笑。这可如何是好?"又转念一想:"吕家的穷鬼仗着有衣襟作证,那么我把它骗过来,他不就没有证据了吗?他再提亲,我便好推脱,就算他告状我也不怕了。然后,我再另外选一个富贵的女婿,那多光彩啊!"主意拿定,杨老爷吩咐家院说:"你跟姓吕的就这样说——老爷怕你来路不明,如果真是姑爷,将衣襟拿来,看明白自然出来接待。"家院领命,来到前厅,将那番话对书生说了一遍。吕公子信以为真,忙取出衣襟交给家院。杨老爷收到衣襟,把衣襟折了一下,揣在怀里,又叫家院:"你去骗那个穷鬼,说今天老爷没有空,请他在客栈中暂时住下,这里马上派人把衣襟送去,再给姑爷接风。你把他哄出门去,如果他再来,只管赶出去,说我家没有这样的姑爷,没有衣襟就不认,他自然就回去了。他要是再来,不必报信了,如果有敢通信的人,我一定把他皮剥了!"家院领命,到前厅对吕公子说了。吕公子听后,就出去找了间客栈住下。

且说杨老爷的女儿名叫杨素娟,今年十七岁,生得聪明俊俏,闭月羞花,沉鱼落雁,琴棋书画无所不通,且擅长女工。杨小姐正在闺房中发呆,丫鬟摇枝走进房门,慌张地说:"小姐,出事儿了!姑爷到此投亲,老爷嫌贫爱富,骗来了他的衣襟。姑爷没有证据,等再来时,老爷就令人把他赶出去,再另选豪门。"杨小姐听后,气得柳腰颤颤,如风摇摆,桃花粉面通红,恰似海棠怕雨,羞恼无语,心中翻山倒海:"爹爹败坏纲常,改变了心意。可是我已割下衣襟,许配给了吕公子,我与他的亲事已经定下,永结百年之好。爹爹虽然变卦,但我的心却像松柏般坚定不移。吕郎落难,想来无人帮助,婆婆年老在家还等着呢,我得想想办法!"

杨小姐想着想着,便泪如雨下。丫鬟摇枝在旁边劝道:"小姐不要伤心,先拿主意要紧。姑爷落难,衣衫破旧,估计是银两用完了,咱们可以资助他一些。即使眼下不能成亲,姑爷回家也需要路费,咱们也得资助,这才不枉夫妻名分,小姐看我说得行不行?"

小姐长叹道:"你想得很周全,但我在深闺之中,怎能与未婚男子私通说话?"摇枝又说:"小姐,与姑爷见面,只要遵守礼数就可以啊。"小姐说:"你说的我都明白,凑齐银两比较容易,我攒有白银百两,就是交给谁去办这件事呢?如果泄露出去,那就不妙了。"摇枝听后,微笑着说:"刚才杨兴被老爷打骂,我去说两句好话,再给他几文铜钱,让他传信。小姐快把心事写在信中,约他夜深人静时到花园相会。那时,我与小姐一同到花园把银两交给他,你看可好?"小姐点头称是,忙取来文房四宝,挥笔写信,封裹妥当。又取三钱银子,叫摇枝给杨兴。

摇枝接过银子和书信,把杨兴叫到无人之处,笑嘻嘻地说:"杨兴哥,老爷明明是嫌贫,想赖婚,不认女婿,骗去衣襟,白叫你受气。杨兴哥,我有一事求你。"杨兴说:"你只管说出来,只要哥哥我能帮得上忙。"摇枝压低声音说道:"姑爷住在淮安,我伯父也住在那儿,我寄一封书信麻烦他带去。所以想请你将此书信交给姑爷,你回来一定要带封回信,不要耽搁,我敬你白银一块,打点酒吃。"说罢,递过书信和银子,杨兴接过银子十分欢喜,出门去了。杨兴探听到吕公子住处,把信交给他。

吕公子展开书信,只见上面用娟秀的笔迹写道:"吕郎:爹爹负义变心,骗去衣襟,欺负落难郎君,存心不良!我特送一百两白银,稍助于你,急速还乡,希望发奋读书,金榜题名,一举成名,天下传扬,那时再来投亲,彼此有光。妾身当恪守妇道,不敢变心。今晚夜深时,我将在花园恭候吕郎,来不来,请给个回信。"吕公子瞧完,满心喜悦,向店小二借了毛笔和纸张,在纸上写了"今夜赴约"几个字,封裹好交给杨兴,杨兴便回去交差了。

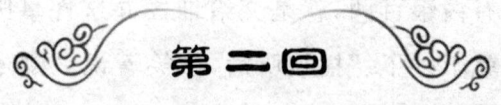

第二回
恶凶徒怒杀彩云
吕公子含冤落难

吕公子所住客栈的主人姓皮，排行第八，人称皮八，本地人氏，好惹是生非，人送绰号"五道鬼"。先前吕公子进店之时，无意之中把自己的事情告诉了他。如今见杨兴送信，这贼人心生疑惑，便到吕公子房内打算盘问清楚。皮八坐在炕上，无意之中，顺手掀起衣服，看见一封书信，便从头至尾瞧了一遍。皮八心中暗喜："原来是个风流事儿！该我命犯桃花，常听人讲，杨小姐貌似天仙，诗词歌赋，件件精通，我何不借此机会，今晚会一会她！娇花一朵，我先受用！今晚我先把这书生灌醉，再到花园。"恶贼打定主意，把书信放回原处。

吕公子打发杨兴回去后，心里乐开了花，回房又取出书信反复看，笑容满面："我还不知道花园在什么地方，必须先探明白，晚间再去。"吕公子想罢，锁了门出去，找到杨家花园，将路径门墙默记在心。回到客栈，皮八就问吕公子："你去哪里了？"吕公子回答："散心。"皮八说："贵客投亲不成，一定很生气，我跟你喝几杯怎么样啊？"吕公子客气了一下，便进屋和皮八喝起酒来。左一盅，右一盅，皮八频频劝酒。一会儿，吕公子就喝多了，趴在桌上睡着了。皮八满心欢喜，趁机把杨小姐的书信偷了出来，直奔杨家花园，要去会会杨小姐。

而在杨家花园里，正有一人在上香。此人正是杨老爷的小妾——裴彩云，年方二十三岁，性格善良，美貌端庄，深得杨老爷宠爱，杨小姐的生母病故后被扶为正室。她看杨老爷带着酒意睡着了，就独自一人来到花园赏花观月，诵经上香。杨小姐带着丫鬟摇枝将花园门锁偷偷打开后虚掩上，看时间尚早，便留了摇枝一人躲到花园假山后面等候吕公子，自己先回房，打算等公子到时再出来。摇枝躲在假山后面偷偷观望裴彩云，见她还在诵经上香，没有半点离开之意，便觉得烦闷无聊，不知不觉，眼皮就开始打起架来。

心怀鬼胎的皮八慌慌张张来到杨家花园门外，见门虚掩着，高兴极了，便从门口往里瞧，看见烛影内有个美丽的女子，在那里焚香磕头，体态婀娜，撩人心弦。皮八立刻把持不住了："我进花园后，先骗银两，再和杨小姐快活快活，以后想办法娶了她！"如此决定后，皮八马上跑上前去扑倒裴氏，淫手上下乱摸，嘴里还不忘问："小姐，小心肝儿，快把银子给我啊！"裴彩云冷不防被抱住扑倒，吓得芳心乱跳，魂飞魄散，用力挣扎，半天才喊出一声："快来抓贼啊！"假山后面睡觉的摇枝惊醒了。

摇枝一看此情形，心想大事不好，返身往里就跑，见到小姐就说："小姐，姑爷举止粗鲁，并不像个读书人，进到花园就把姨娘当作小姐，上下乱摸想做风流事儿，我没法上去解救姨娘，就跑回房来告诉您来了。"杨小姐听了，泪流两行，说：

"摇枝,你坑死我了!姨娘一定会告诉爹爹,坏了我的名声,叫我以后怎么见人啊,不如死掉算了!"摇枝说:"小姐,今夜之事不必忧愁,老爷如果知道了这件事,我替小姐认罪,前后都是我做的,与您无关。若连累了小姐,我摇枝一定千刀万剐!"

花园里,恶人皮八听见有脚步声,心想,这女子誓死不从,如果再有人来抓贼事情就糟了。于是说:"你不愿意和我成亲,我就走了!你就等着杨老爷送你与吕郎相见吧!"说着顺手拔刀,对准裴氏的咽喉就是一刀,鲜血喷出,裴氏躺在了地上。恶人皮八飞快地跑回客栈。

回到客栈后,见吕公子还没睡醒,恶人皮八便又心生一计:"我今夜花没采着,银子也没骗到,还害了一条性命。何不叫醒这姓吕的,他一定会马上去赴约,等他到的时候肯定会被人捉住,这人命官司,就算在他的身上了。"皮八越想越觉得这个主意好,便连忙打开房门,把吕公子叫醒,说:"吕公子,已经夜里三更了,上床脱衣睡觉吧。"吕公子一听,暗叫不好,知道自己误事了,急忙出门朝杨家花园飞奔。

吕公子到了花园外,看见门开了一扇,心下欢喜,斗胆进去,此时乌云遮月,天色漆黑。吕公子双手摸至门边,不料绊到死尸,"咕咚"一声倒在地上,他伸手摸了摸绊倒自己的东西,愈加害怕,心想:"谁能在这睡觉呢?"接着摸着了一双小脚,又生疑惑:"女人怎么会在这睡觉呢?真是古怪!难道是喝醉酒了?"便用力闻了闻,不料闻得一股血腥味,暗叫不好,吓得灵魂出窍、魂不附体。吕公子猜测:"是不是小姐在等我时遭人毒手,被杀身亡啊?都怪我贪杯误事。此地不宜久留,我还是走吧。"

于是吕公子转身离开,刚走出花园不久,遇见两个官兵巡夜经过。官兵大声问公子:"天黑夜静,二更时分,你来这做什么?"举起灯笼一照,瞧见吕公子两手哆嗦,浑身上下都是鲜血。吕公子连忙流着泪诉说事情的经过。官兵又说:"秀才,你先别回客栈了,和我们到花园查看一下!"三人迈步来到园中,只见香案倒在花亭上,死尸横躺在地上,咽喉下边鲜血直流,头发散乱,衣衫腰带全都被撕烂。官兵立即从腰中掏出枷锁来扣住吕公子,说:"你趁天黑出来行凶,今晚遇到我们,就别想跑了!"一个看守着吕公子,另一个去叫这家主人。家人们从梦中惊醒,纷纷出门询问缘故,瞧见竟是那姓吕的姑爷,又去看那死尸,竟是他家姨娘裴氏。家人不敢怠慢,忙进后门报知。杨老爷大吃一惊,摇头说道:"瞎说!"家人说:"小人怎敢乱传?姑爷现被官兵捉住,请老爷前去认尸呢。"

杨老爷穿上衣服来到花园,查看死尸,果真是裴氏,顿时气得双眼圆睁,用手捶胸:"她为什么私自闯入花园,其中一定有隐情!若是丑事传了出去,叫我哪有脸面见人啊!"回头看见吕公子满身血迹,心冒烈火,说道:"穷鬼,一定是你来这偷盗、强奸不成,便杀了我的夫人,你偿命吧!"杨老爷决定报官,让官兵将吕公子立刻送到县衙。

这历城县知县名叫卜浑,虽不是贪官,但做事含糊。升堂之后,吕公子申辩道:"我真的是被冤枉的,我有小姐的书信作证,在客栈中我的房间里,求大人高悬明镜,为我申冤啊。"卜知县就派人去取书信。可谁知书信已被恶人皮八烧掉了。卜知县大怒,疑心吕公子说谎,想要判吕公子有罪,但苦于缺少罪证,就派人去请杨老爷上堂作证。杨安正在家中审问裴彩云的丫鬟:"裴姨娘为什么去花园?"丫鬟说:"姨娘每逢三、六、九日就去花园诵经焚香,至于为什么,奴婢就不知道了。"杨老爷暗想:"吕穷鬼今天才来,不像是两人私会,我看他也不像是行凶使坏的人。"正在猜测,听家人说是小姐约吕公子来的,杨老爷勃然大怒,直奔小姐闺房去了。

杨小姐正在床上躺着生气,杨老爷就闯了进来,脸色铁青,眼似铜铃,怒吼道:"摇枝,小姐躲哪去了,快叫她来见我!这丫头胆大包天,不守妇道,伤风败俗,勾引恶棍杀死姨娘,还不如趁早死了!"摇枝连忙走上前去阻拦:"老爷,您怎么这么糊涂啊,裴姨娘私自去花园,惹出事儿来,怎么能错怪小姐呢?"

杨老爷微微冷笑:"丫头,别在这打马虎眼了,恶棍都招供了,说是小姐用信叫他来的,现在找不到那封信,衙役传我上公堂呢,如果不是小姐勾引,裴姨娘怎么能丧命呢?"摇枝听罢,壮起胆子假装发怒说:"老爷,这可不能乱说!小姐听见肯定生气!昨日奴婢身体不太舒服,并未出门,哪能有什么书信呢?没有证据就不要乱说!裴姨娘私自去花园,谁知道是做什么,竟然敢打着小姐的旗号,还有没有天理了!老爷快回去吧,省得小姐听见,活活给气死!"杨老爷被摇枝一顿话蒙住,一时不知道说什么好:"丫头,好厉害的一张嘴!

等我回来再找你俩算账!"说完转身出门,奔县衙去了。

摇枝见老爷出门了,走到床边掀起帘帐,说:"小姐,真是天大的造化啊!姑爷竟把信弄丢了,现在没有证据,你不用担心了。"小姐长叹说:"你高兴得太早了,也不知审问得怎么样了。"摇枝说:"我看啊,姑爷是斯文的读书人,怎么能干出强抱姨娘、杀人灭口的坏事?小姐你看呢?"杨小姐微微点头,赞同了摇枝的话。一会儿,摇枝从外面打听到消息,回来告诉小姐:"老爷从县衙回来了,他在堂上只说没有看到衣襟,和姑爷多年未曾见面,所以不敢相认。人穷志短,定是姑爷起了偷盗之心,在花园内贪恋姨娘美色,强奸不成,便动手杀人。且没有书信,全凭一面之词,定是姑爷说谎造谣,诬陷小姐,叫知县重重惩罚姑爷。现在姑爷被施酷刑,含冤入狱,就等着朝廷定罪了。"

月夜花园，裴彩云上香诵经，丫鬟摇枝等候迎接吕公子。

第三回

杨小姐女扮男装
于成龙神杵捉凶

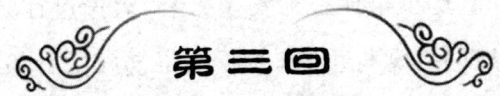

听到吕公子已被投入大牢等待定罪,杨小姐花容失色,心中暗想:"都怨父亲嫌贫爱富,想毁掉我和吕公子这门亲事,才惹出事儿来!自古说:嫁鸡随鸡,嫁狗随狗,哪能重婚再嫁呢?可怜吕公子一时疏忽,招来杀身之祸,现如今又远离家乡,没人照顾,这可怎么办啊?"越想心中越是悲哀,不觉泪洒如雨。

丫鬟摇枝看到这番情景,前来劝说:"小姐,不要如此伤心了,常言说得好,凡事从长商议。姑爷有难,咱们主仆想办法搭救就是了。"杨小姐用手帕擦了擦眼泪,说:"我们这样的弱女子,能有什么办法?"摇枝眼珠一转,忽然想起一事,计上心来:"小姐,我有办法了,只要小姐肯出头露面,吕姑爷肯定有救。"

杨小姐马上问道:"你有什么妙计,快快告诉我!为救吕公子,我赴汤蹈火,在所不辞!"摇枝说:"小姐不必着急,听奴婢慢慢讲来。听说山东新任按察使于成龙为人清正,号称'青天',能明察秋毫,善断冤案。小姐要救姑爷,只有去见于大人,如果于大人来审这个案子,一定能找出这作恶贼人,还姑爷清白。但是小姐你必须女扮男装,火速赶往济南城。"

杨小姐听后,觉得可行,便听从了摇枝的计策,偷来父亲的衣帽,趁着夜色悄悄出了后门,直奔济南城。

响午过后,主仆二人终于走到了济南城府衙,击鼓喊冤,递上状纸。于成龙坐在堂上往下看,不由得心生疑惑:"那告状的人与一般男子有些不同,相貌俊秀,体格娇小,行动婀娜。"打开状纸,上面写道:"告状人杨小姐,家住历城县外,恳求大人明镜高悬,为民做主。我与吕德心公子自幼定亲,两家割下过衣襟作为信物。多年来没有见面,现今吕公子前来我家认亲,想娶我过门。不料我父亲嫌贫爱富,不但不承认这门亲事,还要计骗来信物衣襟。我誓不变心,所以写信约吕公子到花园内,原本打算暗中给他一些银两,可是不料遇见恶贼,假冒吕公子赴约,图谋不轨。凑巧我家裴姨娘在花园中烧香,作恶贼人用刀杀死裴姨娘。而当吕公子来花园的时候,却被当成杀人凶手,被巡兵捉拿,动用严刑,只怕被屈打成招了。所以我女扮男装,冒死为吕公子告状。恳求大人明察秋毫,重新断案,小女子当感恩不尽!"于成龙看完状纸,想起有一夜神仙托梦说有人女扮男装来告状,现在真是应验了这个梦啊!

于成龙伸长脖子问杨小姐:"你说的都是实话吗?"杨小姐立刻回答:"哪里敢撒谎?小女子说的句句是真!"于成龙手抚胡须,微笑着说:"杨小姐,你坚守贞节,勇气超过男儿啊!本官接下你的状纸,马上审理此案。你可以在附近住下,看我怎样断案!"杨小姐跪拜在地,千恩万谢。

于成龙怕那恶贼知道此事,加害杨小姐,便吩咐手下衙役:"把杨小姐送到安全的地方,不许走漏风声,如果走漏半点风声,一定拿你命来!"衙役便把杨小姐和丫鬟送到府衙附近的青簿观内。

花开两头,各表一枝。这边于成龙退堂后,来到书房,仔细研究这个案子。于成龙天生聪慧,谋略过人,不由得想起了几天前神仙托梦,说枇杷叶和这个案子有关。于是思前想后,心中暗自定下计策,誓要断明此案!

于成龙传来秀水庄的里长,吩咐说:"明天本官想去你那儿烧香还愿,唱台大戏,有没有宽敞一些的寺庙啊?"里长回答说:"秀水庄虽然有七八座寺庙,但是都不太宽敞,只有皮家店后面的普济庵还算可以。"于成龙又传来戏班班主,命令道:"班主,你马上去告诉秀水庄普济庵,本官要借宝地烧香献戏还愿。你再挑一个济南府有名的戏班,明天天亮就开唱,男女老少都可以看戏,发每人二百文铜钱,为的是积德还愿,报答天地神仙。你把这个事儿办好了,本官会重赏你的。""小人知道。"戏班班主迈步走出书房,带领手下前往秀水庄办理此事。

第二天一大早,于成龙带领三班衙役,八抬大轿,来到普济庵烧香还愿。

普济庵前挤满了来看戏的人,只见脑袋挨着脑袋,肩膀接着肩膀。于成龙下轿走进庵中,为神像上了一炷香,默默祷告,接着下令开始唱戏。

三次敬神后,锣鼓敲响,戏班名角穿齐行头,登场亮相,

17

开台唱戏。这一开台，又热闹又能白得二百文铜钱，男女老少哪有一个不乐意来看的？正戏三出，接连铁犁奴闯宴，陈武下降，唱到热闹的时候，于成龙突然命令衙役："快把大门关上，上好门栓和门锁，不要放一个看戏人出去！如果敢有硬往外闯的，当场处死！"衙役们马上将普济庵包了个水泄不通。看戏的人们不知出了什么事情，吓得魂飞魄散，欲想逃脱，都被衙役挡了回去，个个满脸惊慌，站在院中。

于成龙坐在官椅上，看了看两旁，开口讲话："刚才本官上香祷告，如来佛祖暗中显灵，说此地有冤情，杨老爷的夫人被恶贼杀死，但不是狱中的吕德心吕秀才所为！还说要想知道凶犯是谁，就问守护神韦驮。"于成龙说罢，立刻升堂，吩咐衙役："快将韦驮神抬过来问话！"衙役猜不出于大人葫芦里卖的什么药，边疑惑边把护法神韦驮的泥像抬到大殿上。

于成龙起身来到神像跟前，说了几句话，又微笑着点头答应："原来是这样啊……还让他亲身从降魔杵下走过，神杵会自动打凶手……为裴夫人报仇偿命！我记下了！"于成龙自言自语，看着神像不停地说话，唬得那些看戏人都愣住了。俗话说：为人不做亏心事，半夜敲门心不惊。心中无鬼的人看到这幅场景，觉得既惊奇又好笑。

行凶杀人的皮八也混在人群中，他听见于大人叫钻杵，心中顿时害怕起来，想逃出去。可是前门、后门都有官兵把守着，恶贼来来回回地想跑出去，急得满头大汗，被衙役看个正着，上报了于成龙。于成龙命令众人排成一队，挨个儿钻进杵中，又叫衙役手拿竹板站在神像前，在过去的人手掌上写一个"过"字，放出门去，没有"过"字的人便捉起来，当堂审讯问罪。心中无鬼的人自然坦坦荡荡地钻过去，而皮八却推前攘后，躲躲闪闪，就是不往杵里钻。他眼神发虚，微露凶光，偷偷瞧着韦驮神像。衙役在身后催他快点钻，他没有办法，只能硬着头皮走到韦驮神像前。只见那神像头戴金盔，身穿金甲，胸前挂宝镜，脚上穿五彩战靴，手拿神杵，面目威严，吓得皮八浑身瘫软，他紧闭双眼，心想听天由命吧，便往杵里钻。

刚要钻进去，心虚的皮八又不由得后退了几步。衙役吆喝道："恶贼！"皮八顿时魂飞魄散，"咕咚"一声栽倒，大叫道："神仙饶命！"于成龙吩咐："快把他拿下！"衙役一齐跑上前去，把恶贼皮八捉拿到公堂上。于成龙拍下惊堂木，大骂道："恶贼！你就是开客栈的皮八？"皮八分外害怕："是不是那刀下女鬼把我的姓名告诉他了？要不然他怎么会知道？"皮八越想越觉得恐怖，两腿一直剧烈颤抖。于成龙心里明白："原来真的是这个恶贼干的，怪不得韦驮神托梦给我，说枇杷叶就是凶犯的名字，'枇杷'与'皮八'字虽不同，音却一点不差。"

于成龙吩咐把吕公子带上公堂，与皮八对质。吕公子把那晚二人一起喝酒，然后自己醉倒睡着，又被皮八叫醒去花园的经过细细讲了一番。皮八先挨了一顿竹板子，又有吕公子对质，看实在走投无路，只好招认，供出了自己行凶的过程。于是于成龙命人给吕公子松绑，当堂释放。于成龙坐在公堂之上，叹着气说："恶贼，'财色'虽然人人都想得到，但也要合理合法地得，哪能因色杀人、为财伤命呢？做下这等伤天害理之事，你就等着秋后处决吧！"便将皮八上刑，关入大牢。

处理完皮八，于成龙盘算着促成吕公子的美事。他派人到青簿观把杨小姐接来，赞扬了她的忠贞节烈，又传来杨老爷，叫他们翁婿当堂和好。杨家父女同吕公子千恩万谢过于成龙，回到秀水庄，择吉日办了婚事，又把吕公子的母亲曹夫人接了过来，一家人高高兴兴，团团圆圆。

于成龙退堂之后，把韦驮爷神像搬回原处，给了些香火钱，然后搭轿回府。刚出庙门，就看见普济庵门前两边挤满了百姓，你一言我一语的，都夸于大人审案利落，机智清廉。于成龙告别百姓，正准备启程回府，忽然一只花驴跑了过来，在轿前跪倒，"哝哝"地怪叫。于成龙大吃一惊："停轿！本官在东亭县当官的时候，曾有一头骡子告状，今天又遇着一只花驴，难道它也是来告状的吗？"

第四回
花驴儿为主鸣冤
于成龙破杀妻案

衙役们见花驴拦路,便拥上去用竹板乱打。那花驴任凭衙役们围打,趴在街前纹丝不动。于成龙见状,连忙阻止:"你们不用赶它走!花驴,你拦住本官,难道是有什么冤枉之事吗?"话音刚落,花驴连声嘶叫,望着于成龙不住地点头。衙役们都啧啧称奇。于是于成龙派了韩龙等衙役跟花驴走一趟,看到底有什么事情。韩龙看着花驴,大声说:"花驴,你有什么冤情,快领我们去捉拿恶棍,带到公堂,给你报仇雪恨。"花驴听罢,爬起来头也不回就走。韩龙带领衙役们跟在花驴后面。

于成龙回到府衙,开堂审理张世登杀妻一案。涉案的张世登等人被带上堂来,于成龙坐在椅子上仔细打量堂下这些人:杀妻凶犯张世登相貌斯文,面黄肌瘦,跪在地上,正低头流泪,看上去并不像杀人犯;再瞧他岳父胡春,面容苍老,也不像诬告之人。于成龙觉得很是蹊跷,问道:"张世登,你为什么杀害自己的妻子?快快讲来!"张世登满眼泪水,再次磕头,说:"大人,我自幼读书,因家贫才去学做买卖,在外做生意。我们夫妻感情很好,并无嫌隙。那天天色刚亮,我一睁眼,便瞧见妻子浑身是血躺在那儿,不知道被谁杀害了。我岳父告我无故杀妻,我身受酷刑,无奈之下屈打成招,实在是冤枉啊!请大人为我洗刷不白之冤啊!"于成龙又问他的岳父胡春:"胡春,你姑爷经常不在家,你女儿和什么人有来往?从实招来。"胡春磕头说:"大人,我女儿和姑爷原本挺和气。事发前一天,女儿和姑爷回到我家吃饭,坐到天黑后一起回家了。不料第二天我女儿就出事了。说到她和什么人有来往,平时只有我叔伯兄弟胡寅经常看望她。那天姑爷来吃饭时,胡寅也来了,陪着姑爷喝酒,还把姑爷送回去了。这都是实话,求大人明断,捉住凶犯,给我女儿偿命!"

于成龙想了想,派人传胡寅上堂。与此同时,听见门外一阵喧嚷,有人前来告状,于成龙传吵闹之人上堂,只见上来两人。胡春立刻喊道:"大人,这被告就是我的叔伯兄弟胡寅!"于成龙瞧那被告,长得兔头蛇眼。二人为何此时上堂?原来,原告名叫孙其,本地人,在城内开了一家钱铺。被告胡寅刚才到钱铺换钱,原告孙其发现胡寅拿的银子全是里面灌铅的。而被告胡寅却说是孙其偷偷把自己的银子换成了灌铅的。二人争执不下,只好前来报官。于成龙带着笑说:"孙其,听本官吩咐,你先下去等候处理。胡寅,已经有人告你了,先把这事弄明白再说!"孙其磕头退下。

于成龙拍了一下惊堂木:"胡寅,你是怎么样图财害命,把你侄女胡氏杀死,给我从实招来,如有虚假,一定刑具伺候!"胡寅跪在地上说:"大人,我与哥哥胡春是叔伯兄弟,怎么可能为一点银子就杀害侄女呢?况且判杀人也要有证据,就算我杀了她,难道你能说是老天爷瞧见的?得有证据呀!一直听说大人明镜高悬,你可千万别冤枉好人啊!"于成龙面色威严,用手一指:"该死的奴才,还敢和本官狡辩?今天暂时将你押入大牢,明天查清实情再严审你。来人!快把这些人都关到牢里!"衙役听令,将众人带下公堂。于成龙叫来一个衙役,在耳边悄悄嘱咐了他一遍,那衙役听完就办事去了。天色已晚,于成龙退堂吃晚饭去了。

到了半夜三更,天上浓云密布,刮起寒风。府衙大牢里,胡寅独自住一间牢房。他正胡思乱想,长吁短叹,恍惚间有点睡意,忽然听见隐约有女人的哭声。胡寅吓得清醒起来,只见牢房外面,好像站着一个女子。胡寅心里发毛,后背发凉,看着那个女人越来越近,虽然看得不十分清楚,但也能分辨出来是个披头散发的女人,正在不停地边哭边喊:"胡寅,还我命来!"吓得胡寅灵魂出窍,浑身发抖,说:"侄女,您高抬贵手,饶了我吧!那天晚上杀了你,是一时失手啊!都怪我贪财,姑爷和我喝了两杯,说他赚了三百两银子,勾起了我的贪念。我就藏在你家床下,半夜的时候溜到床前,翻银子的时候你醒了,我一着急就砍了你一刀。侄女啊,你别怪我,快安息吧!"那女人又问:"昨天那些银子,到底是真的还是假的?"胡寅说:"侄女,是假的,上个月我偷了一些纹银,把中间挖空灌了铅。谁知道这么倒霉,被人看出来还报了案……"这时牢房外面忽然有人哈哈大笑,说:"胡寅,你的死期到了!在堂上还不肯招,于大人略施小计,你就全说了。睁开贼眼看看我是谁!"那人举着灯笼走了进来,原来是于成龙手下的捕头何信。

何捕头得到了胡寅的亲口招供,回去交差了。这时候,胡寅既后悔又害怕:"要是早知道是人装死鬼,我就不说实话了!既然已经招供,看来抵赖不成了,我只能画押领罪了。"过了不久,传来鼓响锣鸣的声音,何捕头走进囚房,大声说:"胡寅,于大人传你上堂,我劝你还是老实画押吧,省得挨板子!"胡寅被带上堂,低头下跪。于成龙坐在官椅上,威严地说:"胡寅,本官略施小计,你就全都说了,在公堂上还不赶快招供画押!"胡寅无奈地说:"我招,从头到尾我全认,情愿画押领罪。"于成龙见凶手画押,便派人把张世登和胡春带上堂。判张世登无罪,当场释放;念胡春不知情,免除诬告之罪。

话说花驴鸣冤一事,捕头韩龙带领二十名衙役,跟着花驴走了十四五里路,来到地主曹英家,救下了一个正在被家仆围打的男子。花驴看见主人披头散发,满脸流血,急得拦住其中几个拿棒子的家仆,一顿狂扑乱咬。这被打的男子告诉衙役:"曹英奸污我妻子文莲,还杀了她!求大人为小人做主。"韩捕头问:"别慌!花驴拦轿告状,我们就是来捉拿恶棍的!你妻子现在在哪?曹英在哪?"

被打的男子说:"那满脸胡子的就是恶棍曹英。"韩龙又问:"你妻子尸体在哪?领我们去看看,我们好定罪抓人。"

众人正在查看尸体,曹英走过来。他对衙役们说:"爷儿们,行个方便吧,会给你们好处的!"韩龙冷笑道:"曹英,你仗着有钱,横行霸道,恶贯满盈,连花驴都告你状了,不用废话,跟我们走一趟吧！"那被打的男子说："大人，钱婆和才姐都是帮凶，也得一齐带去。"于是众衙役带着男男女女一共十个人回衙门了，那花驴摇头摆尾地跟在后面。

公堂上，于大人一拍惊堂木："快把案情说给本官听听！"

被打的那个男子说道："大人，我叫纪必亨，原来住在城外，妻子叫郑文莲，因为家穷就投奔了文莲的表哥曹英，当雇工混碗饭吃。不料曹英看上了文莲，让才姐、钱婆牵线，去说服文莲，文莲不干。接着，他又想强行奸污文莲，文莲不从。曹英便摆下酒席把我俩灌醉，四面堆上柴火，想烧死我，多亏我家花驴身上带水，踩灭了火苗救了我。我去找文莲，发现曹英正抱着她，想图谋不轨，文莲不从，正在挣扎喊叫。当时我赶忙去救文莲，无奈曹家人多，曹英一棍子把文莲打死了，还领着一群人追打我。"说完掩面痛哭。这时，才姐一着急，哭了："大人，我没替他当说客啊！"于成龙大怒道："大胆！你替曹英勾引郑文莲，还敢在本官面前撒谎！给我掌嘴！"二十巴掌打得才姐嘴角流血，才姐大喊："大人饶命啊，我招了。这都是我家主人曹英的主意，和我无关啊！曹英看上了郑文莲，叫我去勾搭她，送她一对戒指，文莲不要，气得把戒指摔在地上，掐着我的脖子把我赶出门，别的事我就不知道了。"于成龙又问钱婆，钱婆说："我一个老太太，什么事儿都不知道啊。"于成龙看钱婆嘴硬，也给她用刑。衙役把绳子套在钱婆手上，刚用力一拉，钱婆就疼得"哎哟"大叫："我招！曹英见表妹长得漂亮，就派我去说合，送给她金簪子和玉手镯，后来，郑文莲不收，都扔了回来。曹英又派才姐送去绫罗绸缎，郑文莲还是不要。后来,郑文莲和纪必亨打算离开这儿,曹英舍不得,为他们摆酒送行,席间灌醉了他夫妻俩并想放火烧死纪必亨,可是没想到花驴把火苗踩灭了。最后曹英用棍子打死了郑文莲。真没想到,花驴跑去告状了。"

于成龙点头道:"真是可怜这个贞节烈妇了,本官一定为她讨个公道!"用手一指曹英,说:"你奸污不成便打死表妹,罪大恶极,快招吧,免受皮肉之苦!"

不料曹英回答:"大人,郑文莲并不是我的表妹,只是我的雇工奴仆。她两口子因家境贫穷才来做长工,每年只有十二文钱,就指望着诬赖我强奸,好讹点银子。我们在争论的时候误伤了郑文莲,纪必亨又凭尸体诬告我,钱婆和才姐是害怕受刑瞎说的,求大人明镜高悬,我愿承担误伤长工的罪名。"于成龙冷笑说:"简直是胡说!就是长工也不该杀啊,看来你是不打不招了,来人啊,把他夹起来!"

衙役把曹英的鞋袜脱去,绑上,套上棍绳,用力夹,曹英疼得昏了过去。衙役含一口凉水,对准他的脸一喷,曹英醒了过来,喊道:"冤枉啊!"于成龙冷笑:"你这狗贼,分明是奸杀,还敢喊冤!加刑!"衙役增加了木杠。

曹英实在受不了,只得招认:"大人高抬贵手啊,我招!"衙役们停下了。曹英继续说:"我该死!我见表妹长得标致,便派钱婆和才姐去说了几次,都被表妹拒绝了,所以我就想放火烧死纪必亨,强行占有我表妹。哪知花驴身上带水,踩灭火苗,救了主人。后来,我见纪必亨未死,便发狠打死了表妹。我已招供,求大人放开我吧!"于成龙满脸带怒说:"恶棍,既然招了,就画押进大牢吧。钱婆和才姐帮助恶棍致郑文莲送命,拉下去,每人重打四十大板!"衙役领命施刑。钱婆和才姐体弱,没挺过去,当场被打死了。

于成龙见状,说:"本官倒有心饶她俩死罪,哪知她俩都没挺过去,难道是郑文莲在天有灵,暗中取走了她俩的性命?退堂吧,把死尸拉出去埋了,曹英投入大牢等候问斩,其他从犯立刻充军。速速安葬郑文莲,再赐块牌匾给她,赞扬她的忠贞节烈。"

刚退堂,家仆就告诉于成龙:"老爷,大喜啊!今天朝廷来人了,请您去接旨。"于成龙不敢耽误,前去接旨。原来是皇上听说于成龙奇谋善断,便提升他做大官,让他当直隶保定府抚院。于成龙回府后收拾行装,带领家人进京任职去了。

一只带水花驴拦住于成龙的轿子,为主人纪必亨求救。

第五回

寡妇与道士私通
于成龙旧鼓断案

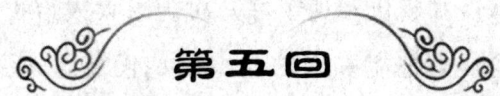

于成龙新上任不久，案子便渐渐多起来。

一天，一个地方小官带着两个妇女和一个道士来向于成龙告状。地方小官吕信对于成龙诉说告状原因："大人，卑职所管那片儿有个胡寡妇，昨天晚上半夜三更，卑职听见她家喊有贼，街坊四邻一齐起来，堵住胡寡妇儿媳妇的房门，恶贼被倒下的一扇门压住，仔细一看，原来是一个年轻的道士！胡寡妇很生气，说儿媳妇败坏家门；而儿媳妇魏氏却说，这个小道士是她婆婆的老相好；那小道士自己说与儿媳妇魏氏交情挺好，常常来往。卑职很为难，只好送到大人这儿，求您来审理。"

于成龙问："胡氏，本官问你，这个道士是在你儿媳妇房中捉住的吗？"胡寡妇回答："是的，大人，请容草民一一禀来。我亡夫叫金青，是个鼓手；我儿子叫金丽，也是鼓手，都已经去世了。我儿媳妇魏氏还年轻，我怕她守不住寡，闹出丑事来，就劝她改嫁，她不听。昨晚我听见她房里有声音，以为有贼，所以把邻居喊来，没想到堵住了一个道士。大人，这分明是儿媳妇做出丑事，反诬赖我这个老太太，况且昨晚那道士已经亲口承认和魏氏私通了好几次。求大人给我做主啊。"

于成龙让人把胡寡妇的儿媳妇魏氏带上来。只见那魏氏长得如少女一样，柳眉杏眼，不搽脂粉，温柔端庄。于成龙说："魏氏，你婆婆告你通奸，你有什么话说？"魏氏一听，泪就流下来了："大人，我丈夫去世后，我是守身如玉啊。倒是我婆婆，公公去世后，就常和道士勾勾搭搭，为掩人耳目还认道士做干儿子。她嫌我在家碍事，所以几次逼着我改嫁。昨夜三更半夜，我房门忽然有动静，问是谁，没有人答应，只听'哗啦'一声，房门倒在地上，有人压在门下面。我连忙喊'有贼'，邻居才把道士捉住。可是那可恶的道士和婆婆串通好了，反说与我有染！我在守寡，遭受这样的冤枉，让我以后怎么见人啊！"于成龙听得明白，笑着说："魏氏，你屋里都摆什么东西了？"魏氏说："就是箱柜衣被，墙上还有丈夫留下的一面旧鼓。"

于成龙听完两人辩白，派人去取魏氏房中的那面旧鼓。不一会儿，魏氏房中的旧鼓取来了。于成龙将它放在公堂上，命令说："把鼓面挖开，套在道士头上！"衙役照办了。两旁的文武各官个个发愣，不知道于成龙要干什么。于成龙又命令："胡氏，你到道士跟前，用力打鼓，如果不从，就判你死罪！"胡寡妇来到道士跟前，轻轻打了几下。于成龙看在眼里记在心上。于成龙又命令魏氏打道士头上的鼓，魏氏看见道士就怒火中烧，举起鼓槌恶狠狠地打下来，响声震耳，道士疼得直喊。

于成龙让魏氏住手，然后对道士说："你与胡氏通奸，为什么反倒诬赖魏氏?"小道士忙磕头,开口说道:"大人,小道就是和魏氏有染,不敢诬赖胡氏。"于成龙听罢,微微冷笑,大声说:"恶道,你还敢撒谎?刚才本官叫胡氏、魏氏打鼓,胡氏打鼓,不肯用力,轻轻地敲,唯恐打着你的脑袋;魏氏气你玷污她的名节,恨不得把你打死。其中的道理,你以为本官看不出来吗?你还是痛快招了吧,免得挨板子!"

于成龙几句话就将小道士镇住,他不停地磕头,说:"青天大老爷,小道愿意招。小道来自白鹿观,名叫通元,认胡氏做干娘,我二人经常偷情。我俩觉得魏氏又不改嫁又不出门,天天在家十分碍事,于是胡氏叫我去强奸魏氏,拉她下水或者把她逼走。小道该死,听了胡氏的话,半夜蹿魏氏的门被捉住,小道甘愿认罪。"于成龙怒骂:"恶道!你身为道士,理应清心寡欲,却伤天害理,还诬赖魏氏,坏她名声!来人,给我重打这小恶道和胡氏!"

衙役打了小道士通元和胡氏每人四十大板。于成龙宣布:"胡氏不守妇道,逐出金家,任凭改嫁。道士通元好色,理该还俗,但你污辱贞节烈妇的名节,罪加三等,发边充军。魏氏忠贞节烈,值得嘉奖,本官将向皇上请旨赐你匾额。"众文武官员对于成龙的能谋善断心服口服。刚要退堂,忽然有人闯了进来,嘴里大喊:"冤枉!"

告状的是一个老头儿,于成龙问:"你有什么冤情啊?"老头泪流满面,说:"大人,小人名叫刘谦,原籍青州府,到这来投靠亲人,谁料亲人已不知搬去了哪里,我银两都用完了,没有路费回去,只好弄了一副绳和一对筐,卖梅汤糊口。刚才您的衙役骑马经过大街,我躲闪不及,被石头绊倒了,梅汤全洒在地上,筐碗都跌碎了,我吃饭的家伙没了,将来一定会饿死,实在没办法,所以来喊冤。"于成龙默默叹息,安慰刘谦不要着急,吩咐衙役将那绊人的石头带回公堂听审,还写了一张告示,告诉百姓明天中午升堂审问石头。衙役带着满肚子的疑惑去将那石头带回。

到了第二天中午,于成龙升堂,让人把昨天告状的人和石头带上来,还吩咐如果有闲人拥挤观看,不许阻拦。来看热闹的人果然很多,都说:"听说过宋朝包公审猪断虎,审问泥像差遣鬼,可是从来没听说过审问石头这样的奇事,于大人比包公还能干啊,咱们倒要看看!"

刘谦和石头都被带到了。于成龙对着石头大喊:"石头!你为什么坑害刘谦,将他绊倒,使他把家伙打碎,本官决不容许胆大石头作怪,拉下去重打四十大板!"众衙役连忙一齐上前,举起板子开始打石头。看热闹的人更加觉得好笑,纷纷指指点点,笑出声来。于成龙立刻吩咐衙役关门,把那些闲人锁在衙门里。这些人吓坏了,连忙跪倒在地。于成龙望着众人说:"本官审案,你们这些胆大奴才,竟敢偷笑!你们是愿打,还是愿罚?愿打的,每人二十大板;要是愿罚,每人罚一文钱。"众人异口同声说:"愿罚!"于成龙冷笑一声,说:"愿罚就不追究你们了。来人!快拿一个箩筐来,放在公堂前面!"众人站起来,排成队挨个往外走,每人一文铜钱,撂在箩筐里。

于是于成龙吩咐把门打开,放走了这些闲人。又让人把箩筐里的钱数了一数,一共有三千多文。于成龙走到刘谦跟前说:"你投靠亲人来到济南,身无分文,因为我的公差而被石头绊倒,这三千文钱是赔给你的,你接着做买卖,或者回家都够用了!拿去吧!"刘谦马上跪倒磕头,对于成龙千恩万谢。

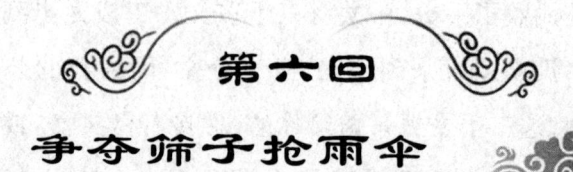

第六回
争夺筛子抢雨伞
于成龙物归原主

一天,有两个乡下人来府衙告状,一个乡下人对于成龙诉说自己告状的原因:"大人,我叫张申,是安肃县人,在保定城谋生,开了一家面铺,今天这个彭皮匠到我家来借走了筛子。不料我去取时他竟然不给我,说那筛子是他家的,还打骂我,我实在无奈,只能来求大人明断。"

于成龙想了想,说:"彭皮匠,这个筛子现在在哪儿?"彭皮匠回答:"在我家里。"于成龙便暂时退堂,派人去取筛子,等筛子取回来再接着审案。

这时,天上阴云密布,狂风四起,大雨立刻倾盆而下。公堂前面房檐上的瓦片落下了七八片。于成龙惊疑,暗想:"这事儿奇怪!"就问衙役:"这保定城中有什么姓严的土豪恶棍吗?"衙役回答:"大人,此处没有姓严的土豪恶棍。"于成龙闻言,说:"奇怪,其中一定有隐情!本官既受皇上俸禄,必须尽心竭力,查明此事!"忽然风停了,天也放晴,又听到喊冤的声音,于成龙吩咐把鸣冤之人带上公堂。原来是两个年轻人,其中穿蓝色衣服的先开口:"大人,我叫冯贤,本地人氏,刚才下雨我打伞回家,在路上遇到这个人,他叫顾进,原来是我的邻居,我见他冒雨,便叫他躲到我伞下。谁知走到十字路口要分手时,他不但不领情,竟说这伞是他的。恳请大人断明是非!"

于成龙听后,就问顾进:"冯贤好心和你打一把伞,你为什么反倒讹他呢?"顾进忙回答说:"大人,是我打着伞路遇冯贤,叫他同打一把伞,不料他反要讹我,大人您要还小人一个公道啊!"于成龙吩咐:"一把雨伞,你们也争来抢去!来人,把雨伞拿来,扯为两半,每人一半,彼此平分,回家去吧!"衙役照办,冯贤、顾进二人各拿一半伞离开府衙。于成龙叫来捕快朱升和尤用,附耳说了几句,叫他们暗中跟着冯、顾二人。

筛子被取回来了,于成龙吩咐开堂再审。于成龙用手指着筛子大声问道:"你是谁家的?"那筛子怎么会回话呢?于成龙大怒,吩咐:"来人,把筛子拉下去重打三十大板!"衙役便像打人一样,把筛子打了。于成龙又吩咐:"再查看一下筛子!"衙役查看完,回禀说:"筛子被打出来许多白面。"于成龙听完,手指彭皮匠,冷笑说:"恶贼,筛子如果不是张申家的,怎么会打出白面来?证据确凿,你还不认罪?"彭皮匠连忙磕头说:"小人该死,愿意领罪!"于成龙见彭皮匠领罪,便判他十几板子,叫他以后不许胡作非为;筛子归还张申,二人离开府衙各自回家了。

这筛子一案刚完,跟踪冯贤、顾进的两个捕快回来了。捕快朱升向于成龙禀报:"大人,小的奉大人之命跟踪顾进,他说大人善断无头之事,这次审得糊涂,可惜雨伞被弄坏了。"捕快尤用说:"小人跟着冯贤走,他说顾进想讹伞,于大人却把雨伞撕为两半,真不知道为什么,气死人了。"于成龙听罢,微微一笑,吩咐二人把冯贤和顾进带回来。

一会儿,冯贤和顾进被带回到公堂上。于成龙说道:"本官派人跟踪你俩,你俩说了什么,本官知道得一清二楚,雨伞到底是谁的,现在已十分清楚了!顾进,你抢占别人雨伞,还想怎么狡辩?"顾进忙磕头认罪,请求大人开恩。冯贤说:"我背地里瞎说,求大人不要当真啊!"于成龙说:"冯贤,本官撕伞只是试探,对你妄言本官就不追究了;至于你的伞,就罚讹伞不成的顾进买把新伞赔给你。"说罢,让衙役将顾进重打二十大板,罚买雨伞赔偿冯贤。

雨伞一案审完,于成龙正要退堂,又有一个叫浦显的人前来告状,他告岳父石弘嫌贫爱富,将女儿改嫁他人。于是于成龙吩咐捕快朱升和尤用去带石弘来上堂听审。

捕快刚出门,就见东边过来一个老人,很像来告状的,于是和老人打了一声招呼:"您老到这来做什么啊?"那老人打量了一下,知道二人是捕快,连忙还礼说:"大人,我叫石弘,是来告状的。"尤用说:"请问您要告谁啊?"老人说:"我告的是我女婿浦显。"朱升和尤用说:"实不相瞒,浦显已经先把您告了,您跟我们走一趟吧。"说着,就把老头锁起,带到衙门。

于成龙一见到石弘就问:"你为什么嫌贫爱富,把女儿改嫁给别人?"石弘忙辩白:"大人,小的家住房山县石家庄,今年五十岁,我女儿秀英嫁入浦家三年,浦家败落,家境堪忧。秀英回家探亲,才住了几天,就听说她婆婆生病了,小的八月十二便让儿子送她回婆家了,可是三天之后,儿子还没回家,一点信儿都没有。若说我嫌贫爱富,那是没有的事儿。我看是浦老夫人嫌弃秀英,将她卖了,请大人救救我女儿啊!"

浦显手指石弘,说:"分明是你嫌贫爱富,还敢诬赖我母亲?"石弘说:"小畜生,你母亲把秀英卖给谁了?"二人互相指责,吵个不停。

于成龙见二人乱吵,喝道:"别吵了!石弘、浦显,你们两家之间,都有哪些村庄、院落?"石弘说:"我们两家相隔几里地,会经过红门寺,这个寺庙有五百多个和尚,经常抢劫行人,强抢良民妇女,无恶不作。"于成龙一听,灵机一动,说:"你们别吵了,先下去吧,等候听审。"于成龙退堂。

第二天一早,于成龙吩咐手下:"本官去私访民情,你们不要泄露风声,就说本官有病,所有公事等本官病好了再作处理。"说完,于成龙便化装成道士,带上家仆求真悄悄出衙私访,寻找石秀英去了。

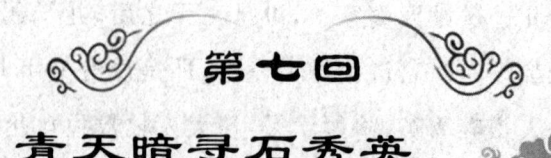

第七回
青天暗寻石秀英
扮道士入锥子营

一路上二人披星戴月，不辞辛劳，终于到了房山县。于成龙找了一位老人打听："贫道这里有礼了，请问前面村庄叫什么地名？"老者闻听，打量了一下于成龙，说："你不知道这个地方？请问道爷是从什么地方来的？"于成龙说："贫道是通州玉皇庙里的，为了募捐来到这里，只是想打听那村庄中是否有善人，好去募捐点银子当路费。"老者倒抽一口凉气，伸手把于成龙衣服拉住，贴在于成龙耳边低声说："这个村庄叫锥子营，不能去啊，里边的人十分凶恶，庄主是正蓝旗，外号叫马三凤，此人横行霸道，好色。"说完便赶紧走开了。

于成龙想要打探石秀英的下落，便假扮算命的大声吆喝，走进锥子营。恶贼马三凤听见了，吩咐管家把于成龙叫进来给自己算命。于成龙心下暗喜，悄悄嘱咐家仆求真："本官这一次进贼宅，吉凶难保，你就别跟我进去，在附近等我。若有风吹草动，就去报官救我。"求真答应，迈步出庄而去。于成龙来到管家面前，管家一见就问："小道士为什么不来？"于成龙说："贫道今天起得太早了，将一本卦书忘在客栈内，叫他去取。"说罢，跟着管家进了大门来到前厅，见马三凤坐在上面,生得恶眼凶眉,十分粗丑。于成龙一见,暗暗惊呼,心想:"本官既入贼宅,要装得十分恭敬才行。"于是弯腰行礼,说:"是您叫贫道来算命?"马三风点头,叫管家取了张小桌儿,放在地上,拿过一块整砖放在桌边。于成龙将《百中经》展开,说:"请告诉贫道您的生辰八字。"马三风说:"老爷我生在甲辰年丙子月丁卯日壬寅时,你得给我好好算一卦,要说实话,别光奉承。"于成龙说:"您面相富贵,有福禄命。但眼下稍微有点凶险,要遇上大难,家有丧事,还有太岁当头。"马三风大怒:"臭道士!这哪是算命,分明是骗钱、胡编!竟敢在你马三爷爷头上动土!来人!把这牛鼻子关在马棚,狠狠打一顿!"管家闻后跪倒:"老爷,今天是夫人的生日,夫人已吩咐不许打人。"马三风怕老婆,就不敢打人,怒气难消,又吩咐:"将这牛鼻子吊起来,慢慢和他算账!"于成龙被吊在房中,不由得一阵心酸落泪,暗骂:"马三风这个恶贼,罪该万死!他横行霸道,欺压百姓,祸害乡里,来到这里才知道传言果然是真的,一句话不中听就将我吊起来,弄得我浑身上下疼痛难忍,今天我要是死在这里也就罢了,可是那石弘和浦显的冤枉可怎么办啊!求皇上保佑我啊!我要是能逃出去,一定把这恶贼碎尸万段!"

　　有个被马三风抢来的良家女子正好路过这间空房,听到里面有人声,看周围没有人,便推门进来,仔细询问才知是抚院于大人,便将于成龙放下,带他从后门逃走。于成龙问这女子:"恩人,你叫什么名字?等我回府衙,一定会好好报答你的恩情!"那女子答道:"大人,闲话少说,等被人看见了,你我都性命难保，你还是快走吧。"于成龙就顾不得再问，转身出门而去。

于成龙找到了求真，将自己被吊在房中的事情说了一遍。求真磕头说："大人受惊了，等回到保定，咱们就来捉拿此恶贼，当堂审问。"于成龙点头称是。二人继续前行，寻找石秀英。

于成龙带着家仆求真来到鸡冠山下，看见馒头岭。这两山之中夹着一个山谷，山谷之中盖了一座寺院，金黄色的瓦明晃耀眼，高高的围墙难以攀越。于成龙看着这寺庙说："这里果然凶险，石秀英一定在这寺庙内！我一进去只怕凶多吉少，留封书信给你吧。"于成龙取出笔墨纸砚，写了一封信："保定府众文武官员：本官八月十五日独自进红门寺，如果三天之内不出来，便火速率兵到红门寺搭救本官。众位一定要听从调遣，如果有袖手旁观的，本官一旦从红门寺出来，定会将其定罪。"于成龙把写好的信交给求真，低声吩咐道："明天如果我还没出来，你就赶紧回保定，将这封信交给众文武官员，让他们来救本官。等我回去了会重重赏你。"于成龙说完便迈步直奔红门寺。求真躲在土地庙内等着。

于成龙来到寺前观看，看寺内左钟右鼓，双竖旗杆，悬挂红幡，殿宇巍巍，香风阵阵，狐鸣鸟叫，雾气蒙蒙。于成龙迈步进第一层山门，有哼哈二将；又进天王殿，有四大天王，第一尊怀抱琵琶，第二尊伏虎降龙，第三尊擎花吻哨，第四尊手擎乾坤，还有托塔李天王和哪吒三太子。于成龙走出天王殿，顺着甬路往前走，进到如来大殿三殿，三尊圣像摆在中间,如来圣像在正中,两边是十八罗汉,面貌狰狞。于成龙连忙拜了一拜,继续往前走,不知不觉来到后花园,忽然听到有人哭着说:"我们遇到胆大和尚落难到这里,听说保定府来了个好官于成龙,你说他怎么不来这救我们啊?"原来是有女子在园内诉苦呢。于成龙抬头瞧见两个女子在井台边上打水,十分美丽动人。于成龙暗想:"我怀疑此庙和尚打劫良家妇女,果然不假!不知这两个女子中有没有石秀英,我得上前问一问。"

于是于成龙走到女子跟前。两个女子猛抬头,一见于成龙,吃了一惊:"道爷,这寺内和尚十分凶恶,杀人不眨眼,幸亏看花园的妇人不在这里。我劝道爷快快逃命吧!"于成龙不走,问她俩:"你们这些女子,为什么也在这寺庙里啊?"两个女子一听就伤心落泪,其中一个说:"道爷,我们不是自愿留在这里的。我家住石家庄,父亲叫石弘,母亲毕氏,小女子叫石秀英,从小许配浦家,过门三年了,前段时间骑驴回家探亲,听说婆婆得病,我弟弟便送我回婆家。路上经过这红门寺,一群凶僧手拿枪刀,把我抢进寺内,为首的和尚要非礼我,我拼死不从,那和尚就派我在这打水浇花,又派了许多和尚看守,以免我们寻死。幸亏今天遇到道爷您了,求您送个信儿到石家庄,把我的情况告诉我父亲石弘,免得我父母和丈夫浦显找不到我提心吊胆。"石秀英越说越伤心。

这时,忽然一个和尚大声喊:"女管家!长老今天在方丈屋里喝酒,你快叫女子们梳妆打扮,前去敬酒!"有一个老婆子答应:"知道啦,长老!"于成龙气得面色铁青,走出园外,听见和尚们在前殿寻欢作乐。于是借着树木左闪右挡,来到一所僧房的窗外,听见里面鼓乐笙歌,好不热闹。于成龙找来了一块大砖,搁在窗下,用脚踩住,用舌头舔湿窗纸,用手指戳破,往里偷看:当家和尚坐在中间,身形魁伟,长相可恶。两边站着几个美女,手里拿着乐器在唱歌。于成龙心头火起,暗骂:"大胆的和尚,胆敢胡作乱为,等回到保定,一定调兵遣将,将你们就地伏法!"忽然听和尚大骂:"孽障,真该死!"于成龙一听,吓得魂不附体。

第八回
红门寺里险丧命
神仙相助斩恶僧

　　原来是房内和尚喝酒，打了一个喷嚏，所以骂了一句。可是于成龙此时心虚，以为是和尚发现了自己，慌忙伸脚，不小心踩翻了砖头，"咚"的一声，十分响亮，真正惊动了当家和尚："外面是谁在偷看？徒弟们，给我去看看！"两个年轻的和尚手提灯笼，绕到后边瞧了瞧，没发现人。

　　当家和尚心里有点害怕，便让人把这些女子送到后花园的石洞里，并对众和尚说："徒弟们，咱这寺内常常打劫行人，名声在外，今晚肯定是外人来打听消息，咱们一定要把他捉住！"大小和尚一齐打着灯笼寻找。前殿后殿都翻遍了也没找到。

　　当家和尚说："奇怪，我刚才在房中喝酒，分明听见窗前有人偷听，怎么就找不到呢？"正在这个时候，忽然听小和尚润秀、金山喊："师傅，有刺客！"当家和尚急切地问："在哪儿呢？"小和尚说："地上这只云鞋，不是咱们寺中人的鞋。它在这伽蓝殿门前，刺客差不多就在这殿内。"当家和尚吩咐："徒弟们，到伽蓝殿去找！"众和尚来到伽蓝殿门前。小和尚金山发现供桌下面露出一角衣服。他掀起供桌桌布，拿灯一照，瞧见于成龙，大声喊道："刺客在这里！"众和尚把于成龙揪出供桌拿绳绑上。当家和尚吩咐："先不要动手，问明白了再处治他！"他眼瞪着于成龙继续说："你这该死的狂徒！来红门寺做什么？快点说就饶你不死，不然要你狗命！"于成龙说："师傅，小道是九华山玄门，路过贵寺，借宿一晚，并无他意，望师傅念同道之情，放了小道。"当家和尚听了，大骂："狂徒，不肯说实话！徒弟们，把我那把刀拿来，把他杀了！"

小和尚金山不敢怠慢，把刀拿来，递给当家和尚。

当家和尚举起刀，正要砍向于成龙，小和尚金山急忙拦住："师傅，不能杀人啊！前几天得了一个美人儿，您曾发过誓，再不动手杀人了。今天要杀这道士，不是违背了您自己的誓言吗？徒弟看不如把他锁在马棚里，等到夜深人静时点一把火烧死他，神不知鬼不觉的，师傅您说怎么样？"当家和尚觉得这是个好主意，便把于成龙锁在马棚里了。

本地城隍庙的城隍爷知道于成龙有难，有心搭救，他叫鬼判官搭了座轿，自己离开城隍庙，驾起云斗，一阵风响，来到红门寺前，轻轻落地。大大小小的鬼判官站在两旁，城隍爷吩咐："你们快到寺内把蜡烛都吹灭，把和尚们的耳目闭住，再去撞钟擂鼓，放声大喊，哪个敢违令，本仙就把他关在阴山！"众鬼判官不敢不从，照城隍爷说的行动起来。精细鬼打鼓，伶俐鬼撞钟，寺内火起火落，钟鼓齐鸣，那些和尚昏昏睡去。

邻近村看到红门寺着火，都来救火，在山门处围了好几层。这时候寺庙里面漆黑一片，没有一丁点儿火光，也听不到钟鼓声，更听不到人声，这些村民见状，就打算回家了。刚转身离开,寺内火光又起;众人回来,火光又灭了。众人十分诧异,想进去问问和尚,又怕惊动了他们反会惹来杀身之祸,只好各自回家,第二天再来问问缘由。众人刚走到山神庙外,忽然听庙内有打呼噜的声音。原来是于成龙的家仆求真。众人把求真叫醒,把红门寺内的怪事讲给他听,求真一听心里大惊,连夜赶到房山县城,把于成龙的亲笔信交给县令看,叫县令去救于大人,自己则要了快马一匹,赶回保定府报信。

保定康知府一看到于成龙的亲笔信,大惊失色,立刻通知众官兵集合出发,参将何爷打前锋,副将掌理大营。兵贵神速,这些官兵一刻也不敢耽误,火速赶往房山县。

天上的值班将军也没闲着,腾云驾雾飞到了红门寺,进寺用手一指,于成龙的麻绳就松开了,值班将军托着仍昏睡的于成龙,又腾云驾雾飞出了红门寺,在一处荒郊野外把于成龙轻轻放了下来,转身飞回了天庭。求真正骑着马在官兵前面带路,忽然前面地上躺着一个人,下马一看,又惊又喜,竟然是于成龙。

于成龙看到手下的官差都来了,手拉着康知府就伤心地流下了眼泪:"刚才我感觉好像到阴曹地府走了一番,迷迷糊糊的,好像被什么人带到了这里。你们只知道当官享福,哪里知道我死里逃生,被锁在马棚里,险些命丧红门寺啊!那些该死的和尚!要不是老天爷保佑我,我早就没命了!"众官连忙鞠躬请罪:"大人开恩,请恕卑职等迟来之罪。"

于成龙向手下官员们诉完苦,马上吩咐官兵进山把红门寺团团围住，开始攻打红门寺。寺里面的和尚深知自己罪孽深重，让官府捉去了也不会有什么好下场，于是纷纷拿起棍棒，咬着牙企图拼命突围，可是终于寡不敌众，死的死，伤的伤，当家和尚被官兵活捉。

当家和尚被五花大绑着带到于成龙面前，于成龙一见他，便火冒三丈，大骂道："恶僧，你在京城附近竟然也敢作恶行凶，强抢民女，杀害百姓，连本官也想杀，你罪该万死！来人！把这恶僧就地正法！"随后，当家和尚就见阎王去了。于成龙见恶僧已死，又吩咐官兵到红门寺后花园石洞里，把被抢女子全部救了出来。这十几个女子拜谢于成龙救命之恩，各自回家去了，只留下石秀英一人，跟于成龙到保定府结案。

石秀英在公堂上见到了丈夫浦显和父亲石弘，详细讲述了自己落难的经过："回婆家那天，我和弟弟走到红门寺外，被恶僧抢进庙去，就这样和弟弟失去了联系，为首的恶僧强迫我和他成亲，我不从，对他又打又咬，那恶僧一生气，就把我锁在后花园内，幸亏遇上于大人，才能和你们二人团圆。"石秀英三人抱头痛哭，拜谢了于成龙，一起回浦家庄去了，后来又找着了石秀英的弟弟石奇，一家人对于成龙感激不尽，早晚为他上香祈愿报答。

于成龙又处决了马三凤，打听那天在锥子营救了自己的女子，才知那天放了自己之后，那女子便自尽身亡了。

于公案

值班天将用手托着道士装扮的于成龙,腾云驾雾,把于大人救出红门寺。

47

第九回

郑小姐含羞上吊
张公子屈打成招

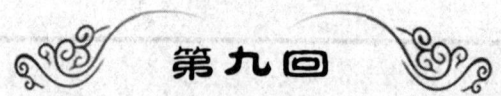

第二天一大早,刚刚升堂便闯进来一个人,边闯边大声喊着:"冤枉啊,青天大老爷救命啊!"于成龙连忙吩咐把喊冤的人带上堂来。

喊冤的人是一个老年仆人,他上来便自报家门:"小人名叫张勤,主人是张宗显,曾在钱塘做过县令,我家主人去世后家道中落,家仆都走了。只剩下我一个人看守大门,服侍小主人张琳,现在小主人已经长大成人。老主人在世时给小主人定了一门亲事,就是郑济的女儿郑如兰。郑老爷前一阵子派人传来口信,嫌张家贫穷,打算悔婚。可是听说郑夫人和郑小姐仍同意这门亲事,却不敢违背郑老爷的意愿。郑老爷几天前去河间府,郑夫人打发人来请我家公子黄昏时候在郑家花园见面,赠给公子些金银,让公子置备迎亲的礼物,免得郑老爷嫌弃。而我接到这个信儿的时候公子在外地亲戚家,因而当晚没去郑府。第二天白天我家公子才去,谁知正赶上郑小姐悬梁自尽。郑老爷就诬赖我家公子骗奸妇女,逼死人命,把公子送到了县衙,严刑审问,公子受不过拷打只得承认了。可怜我家公子啊,求于大人救我家公子啊!"

于成龙听完老仆人讲述,正在琢磨这个案子,忽然知县来于府求见。

一见知县进来,于成龙站起来说道:"贵县来我这里一定有什么事情吧?"县令说:"张勤说的案子,是卑职审理的,此事既为诳骗,要有凭据。"于成龙又问站在公堂外边的百姓们:"你们为什么也跟张勤到这来了?"有一个百姓回答:"我们也觉得张公子有冤屈。张家世代行善,诗书传家,张公子为人端正,没做过坏事,在严刑拷打之下不得已才招认,我们久闻于大人断案如神,担心张勤年老糊涂,说不清楚案情,耽误了搭救张公子,所以我们斗胆跟来,帮忙诉说一下冤情。"于成龙听罢,点头说:"你们回家吧,不要生事,本官自会公道办案。"众人于是都散了。

于成龙叫老仆人张勤回去等候消息,然后提审公子张琳。张公子年纪不过十五六岁,长得眉清目秀,举止儒雅,但是脖子上戴了个枷锁,蓬头垢面,骨瘦如柴,跪在堂上。于成龙问张公子:"张琳,你家仆人说你冤枉,所以本官要审审你的案子,你要跟我说实话。"张琳回答:"在下要是说半句谎话,定叫天打五雷轰!"于成龙又问:"郑家母女叫你去拿金银,这么好的事儿当晚为什么不去?""大人,我当时正在外地表舅家,所以我当晚没去。再说晚上去人家花园,非奸即盗,就是不干坏事传出去了也不好听,所以第二天一早我光明正大地从郑家大门走进去的。"于成龙继续问:"你见到郑家母女了吗?"张公子说:"见到了郑夫人,她只说小姐仍同意这门亲事,但是很生我的气,责备我那晚失约。后来丫鬟慌慌张张跑来,说小姐在房中上吊自尽了,郑夫人叫我一起去看。只见小姐已经死在房中了,郑夫人催我赶紧回家,免得受连累。不料郑老爷回家后,诬赖我骗取银两不成,又上门讹诈,逼死了小姐,便把我送到官府,被知县屈打成招认罪。这就是实情,求大人明查。"于成龙接着问道:"你进门时,你岳母问你什么话了吗?"张公子说:"我进门时,郑夫人除了说小姐生气外,并没说什么,只是出去了一趟,又叫管家婆来问我的来历,盘问了一段时间,便让我跟她去小姐闺房了,小姐和我隔着帘子说了几句话,都是些责怪我失约的话,除此之外就没说什么了。"

于成龙听完,微微点了点头,觉得这位张公子相貌端庄,行止稳重,但是郑夫人与他见面,为什么不自己盘问他的身份,却叫管家婆去问?他和郑小姐隔着帘子说话,为什么却不送银子给他?难道是有人骗了小姐,她含羞寻死?如果郑老爷说的是实话,那么郑小姐被张琳逼死后,郑家怎么能放他走呢?看来张琳可能真是被冤枉了。想到这儿,于成龙问张琳:"你见到请你赴约的郑府家仆了吗?""我没有见到这个人,那时我在表舅家中,是我家老仆人去报信我才知道的。"于成龙说:"报信时,都有谁在旁边?张公子回答:"没有外人,只有我表兄。"于成龙说:"你表兄多大年纪,叫什么名字?""我表兄今年十八岁,名叫徐立。"于成龙点了点头,又问:"那你当晚失约,你是怎样跟你岳母解释的?""我说我因为向表兄借衣服和鞋穿,他说鞋还没做好,明天再去也没关系。"于成龙说:"那当晚你表兄在家吗?"张公子说:"表兄经常在外边过夜,那晚也没回来。"于成龙吩咐:"传那天给张家送信的郑府仆人上堂!"

一会儿,郑府仆人袁公被带来了。于成龙微微冷笑说:"袁公,那一夜是你领进张琳去后花园的,你就没看见他的相貌吗?"袁公向上磕头说:"大人,那夜天黑,小人我看不清楚。"于成龙一听,心凉了半截儿,无凭无据,怎么审问?他暂时让袁公退下了。

于成龙叫人把郑家的账单拿来。只见上面写着:散碎银一百二十两,首饰十八件。于成龙看完账单,怎样断这个案子,他心里已经有了眉目。第二天,于成龙没有上堂,派人在衙门口挂了个告示:"本官偶染风寒,等病好后再处理所有公文,免见一切闲杂人等。"

第十回
施巧计徐立遭擒
于成龙公堂做媒

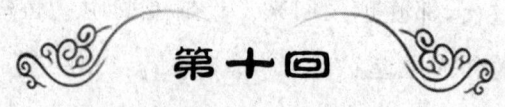

话说张琳的表兄徐立，为人吊儿郎当，到处鬼混。这天吃过早饭，他在街上溜达，看见树荫下有一群人围作一团，不知道在做什么。徐立爱看热闹，便挤到里面看，只见一个外地人身穿重孝，拉着两匹驮着绸缎的骡子，有人要买绸缎，他却不肯零卖，想连骡子一起打发了，说是因为父亲去世，两三日内就要下葬，没有时间零卖，所以就打算一起卖了好回去办丧事。

徐立在心中盘算："表弟的官司没结束呢，我现在还不敢去岳父家过礼迎亲，何不用那些银子当本钱，把这些绸缎以这么便宜的价钱买下来，然后高价卖掉赚点钱？这个外地人等钱用着急卖，估计再便宜点他也能卖。"徐立做好盘算，便问那人："你在价钱上便宜些，我就全买了，用现钱。"外地人同意了，把价钱从二百两降到了一百八十两。徐立想让价钱再低点儿："一百二十两吧，我没有那么多银子。"外地人说："不能再便宜了，一百八十两已经很低了，我算看出来了，瞧这村里没有一个有钱人，连一百八十两都拿不出来！"

徐立心中不服，说："你也太小看人了！一百六十两我全买了,成不成交?"外地人同意了,徐立这才笑嘻嘻地贴到外地人耳边,悄悄地说:"我现在有纹银一百二十两,还差四十两,拿首饰抵银子,你说怎么样?"外地人答应了。

徐立带着外地人欢欢喜喜地回家,把银子和首饰拿出来。外地人查看完银子和十八件首饰,便说:"我找伙计去给你搬绸缎。"说完就离开了徐家,急急忙忙离开了这个村庄。这个外地人是谁?就是保定府抚院于成龙。他微服私访来到此地,看到了证据——首饰和银两,便立刻回到保定府,派人来把徐立抓回府衙。

于成龙立刻升堂,吩咐衙役带徐立上堂听审。徐立知道大事不好,心里开始打鼓。于成龙动怒,指着徐立说:"你嫁祸表弟张琳,冒名顶替,骗取银两、首饰,害得郑家小姐上吊自尽,要不是本官亲自暗访,张琳现在就没命了!快将你买绸缎的银两、首饰献上来,老实交代吧!"

徐立跪在堂前,抬头看见审案的抚院大人竟然和那卖绸缎的外地人长得一样,吓得魂飞魄散。他不敢抵赖,只好将自己如何假冒张琳欺瞒郑小姐,骗取银两、首饰的事全招了。于成龙派人到徐家把银两、首饰拿来,以结此案。

于成龙又问徐立:"你做下伤天害理之事嫁祸给表弟,难道是因为你和张琳有仇吗?"徐立回答:"大人,我与表弟无仇,是他父亲害过我。"

于成龙说:"他父亲张忠显已经死去很多年了,怎么会害你呢?"

徐立说:"大人,姑父在世时,原本是好心,却办了坏事。

他帮我定了一门亲事,是本地奚家的女儿奚羞花,今年十八岁,人才出众,相貌美丽,琴棋书画,样样精通,有钱人家都想娶她。羞花家里贫穷,现在寄宿在他叔叔家,我母亲嫌羞花家贫,也不着急给我完婚。这都是姑父的过错,他偏心眼儿,给我定下个家穷的,却替自己的儿子定下有钱岳父。表弟没钱完婚,他岳母又暗中给他钱,我觉得不平衡,所以怀恨在心。知道约会赠银这个消息后,我就假冒表弟,骗点钱财给自己完婚用。大人,那郑小姐留我住一晚,是她自己的过错,她含羞寻死,也不是我逼的,和我没有关系,那天骗来的银两和首饰我也丝毫没动,所以说我没有犯罪啊,求大人开恩饶命!"

于成龙听后大怒,骂道:"恶贼,还敢狡辩?你姑父给你定亲,是为你好,你不领情反而嫁祸使坏,骗银两、害表弟、污辱郑小姐,罪当斩死!来人,先拉下去重打四十大板!"

这四十大板打得徐立满地乱滚。于成龙叫人带上张琳,问:"徐立说你父亲在世时,帮他与奚家定了亲,你知道这件事儿吗?"张琳说:"我知道,父亲当时还作了一首诗呢。"于成龙说:"你还记得吗?快写出来本官看看。"张公子当堂写出那四句诗词:"薄命红颜实可伤,仙姿不幸配村郎。冰人当恨张知县,强把明珠土内藏。"于成龙一见诗词,就知道奚羞花肯定才貌双全,暗自作了决定,立刻派人去请奚羞花和她叔叔奚让。二人被带到公堂上,奚羞花果真长得美丽出众,怪不得各家都想要娶她。

常言说,佳人配才子,于成龙觉得奚羞花许给徐立这个恶贼简直太可惜了，于是问奚让："徐立逼死郑小姐，应该偿命，你给奚羞花另找佳婿吧。我看那张琳不错，本官做媒人，让羞花嫁给他，郎才女貌，你看行不行啊？"奚让一听，很高兴，连忙回话："大人，羞花的父亲在世时，原本就想把羞花许配给张琳，可是张琳已经定完亲事了，张县令就做媒把她许配给了徐立。如今因为这场变故，又将羞花许配给了张琳，我真是感恩不尽啊！"于成龙听到这个回答，更加高兴了，便向张琳要了个玛瑙簪子作为信物，让奚让带羞花回家等着成亲了。

徐立见于成龙将羞花许配给了张琳，气得七窍生烟，后悔莫及。于成龙吩咐："将张琳当堂释放，给徐立带上枷锁。张琳，你受委屈了，不要怪你岳父诬告，要不是你泄漏消息，也不会发生这些事。今天我用玛瑙簪子给你定下亲事，你可以择吉日迎娶，本官再赏给你纹银十两，你从此要用功读书，考取功名。"张公子推辞说："我与奚羞花有叔嫂的名分，不敢和她成亲，求大人开恩，取消这门亲事。"于成龙说："徐立欺负弟媳，理当拿奚羞花补偿，再说徐立被秋后处决后，奚羞花便无依无靠，许配给你正合适，你别推辞了，回家去吧！"张公子无奈，谢过于成龙救命之恩，回家去了。

于成龙送走了张琳后，当堂结案："将徐立押入大牢，秋后处决；莫知县断案不明，革去官职，徐立骗来的银两、首饰由袁公领回去物归原主。"

袁公回到郑家，将于成龙怎样审案、怎样结案都说了一遍。郑老爷听完，对郑夫人说："如今女儿如兰已经不在了，有徐立偿命;张公子失去妻子,有羞花替补,都算公道。我想张家贫穷,不如咱们认羞花做干女儿,招赘张琳来咱家做女婿,这样他俩能得到咱们的资助,咱们老了也有个照应,你看这样好不好?"郑夫人觉得这个主意很好,就派人去请奚让来郑府,商量这件事。奚让也觉得这样可行,便选了个好日子,接羞花来郑府,拜郑老爷郑夫人做义父义母,又将张公子招赘过门。张公子重赏了老仆人张勤,让他安享晚年,后来张公子功成名就,妻贤子孝,日子过得和和美美。

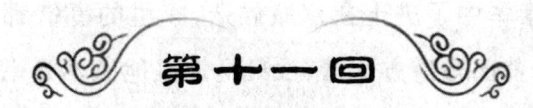

第十一回
方从益攀高嫁女
恶道士谋财害命

保定城里有一个暴发户,叫方从益,他祖父原本是个庄稼汉,时来运转偶然发了点财,便置办家业渐渐成为了财主。他妻子生个女儿,名叫方绛霞,年方十四,聪明伶俐,美貌端庄。方从益很喜欢结交有钱人家,在府县衙门也能说上话,但是他性情奸诈刻薄,嫌贫爱富,欺压百姓,干过许多坏事。

在离方家不远处,住着一个崔秀才,家境贫寒,把田地典当给方家,当得纹银二百两,三年之内不赎回就任凭方从益倒卖。三年转眼到了,崔家打算再要二百两银子就把地卖给方家,但方从益只答应再给他四十两。崔秀才一气之下,将这块地转卖给了刚考中秀才的贺素华。等贺家去赎地的时候,方家竟霸占着崔家土地不给,两家为此告官,争了二三年。因方家钱多,将地霸占住了。虽然白花了银子,银地两空,但是贺素华进京赶考中了进士,这点钱财和田地他就不计较了。

见贺素华中了进士,到京城做大官去了,方从益担心他会报复自己,同时又想巴结这个大官儿,于是便想把自己的女儿绛霞嫁给贺素华的儿子。他准备了重礼请媒人戚贡生说合,贺素华中了进士在京城候选,家里的事情都归妻子黄氏照料。黄氏知道方家富有,只是觉得他家不是书香人家唯恐门不当户不对,但见着美丽端庄的绛霞,黄氏十分喜爱,于是就答应下这门亲事,给方家金如意一对、金戒指一副、金簪一对、金镯一对当作聘礼。

这保定城里还有一个耍狗熊的闲人,名叫杨束,养了一只可爱的小狗熊,为他杂耍赚钱。这天,杨束耍狗熊赚了三吊多钱,心里不爽,拉着狗熊到酒铺喝了几盅,微微有些醉意。黄昏时候出了城走到黄花铺,酒劲就涌上来了,杨束顿时觉得头重脚轻,躺在地上睡着了,三吊铜钱散落在脚下。小狗熊最通人性,把拴它的锁链抖了抖绕在身边,在旁边的青草丛中休息,等候主人一同回家。不一会儿,打南边来了一个道士。这个道士叫通真,可不是省油的灯,他平时不干好事,专门赌钱喝酒,今天又把钱输个精光,正打算去偷白老道的报晓鸡煮来吃呢。道士走到黄花铺,忽然听见脚下"哗啦"一声,停住脚步,看到了杨束掉在地上的三吊钱。

道士通真眼前一亮:"妙呀,我拿着这些钱去买点酒肉,剩下的钱当作赌本再玩两局,哈哈!"看到躺在旁边正打呼噜的醉汉,通真认出了是杨束,赶紧悄悄蹲下把钱拾起来揣在怀里。这时,杨束醒了过来,看见道士通真在偷钱,狗熊也不知到哪里去了,不由得动气大骂说:"通真,敢偷我的钱,赶快放下!"通真心一急,伸手从怀中掏出一扇铜钹,朝杨束打去,只听"咣"一声,正打在杨束头上,杨束顿时就脑袋开了花,一命呜呼了。通真揣着钱赶紧往前跑。这时候,那狗熊已被惊醒。它瞧见主人已被打死,身边的钱也被偷走了,朝着通真飞奔而去,要为主人报仇。通真忽然听见背后有吼叫声,心里大惊:"一定是杨束的狗熊有灵性,追我来了!"转眼工夫狗熊就追上了通真。

通真很害怕,攒足了劲转过身子朝狗熊就是一钹,没打着。通真赶忙钻入道路旁边的高粱地里,绕着弯儿走,甩掉了狗熊。

狗熊守着主人杨束,哭了半夜。天亮了,远远有一群人路过。原来是于成龙的轿子正经过此地。狗熊跑过去跪到大轿跟前,抓住轿杆不放。众衙役赶忙一齐打它。那狗熊死也不松手,惨叫了好几声。轿内的于成龙,见到狗熊抓轿,打也不走开,便吩咐衙役们住手,然后对狗熊说:"你拦住本官的轿子,难道有什么冤枉吗?本官可以帮你。"狗熊灵性非凡,用前爪连拱三拱,转身就走。于成龙叫手下何能、谢正跟着狗熊走一趟。

二人跟着狗熊来到黄花铺后,瞧见了死尸,返回到轿前回话:"大人,黄花铺那有一具死尸,离这不远,地下还有一扇铜钹。"于成龙听完回话,亲自去查看死尸,一看便知道是个醉汉了。于成龙指着死尸问狗熊:"这是你主人吗?"那狗熊点了点头。于成龙又问:"脑后好像是被铜钹砸伤的,你认识害你主人的人吗?"狗熊摇了摇头。"那再见面你能认出来吗?"狗熊又点了点头。

于成龙派人把死尸掩埋了,把那扇铜钹包好拿着。于成龙细观铜钹,看到里面写着红字"清虚观"三字,心下猜想是道士干的,于是告诉手下,将狗熊悄悄带回衙门。

话说道士通真,自从杀了杨束偷走三吊钱之后,东游西逛,继续赌钱,转眼半个月过去了。一天,他又在街上闲逛,听见众人都在议论,说抚院衙门内一尊泥塑天神的手会动,但凡道士有缘能看出来,将来一定能成仙,抚院于大人有令,若有道士看见天神的手动,于大人赏银五十两。道士通真听说后十分高兴,心想:"明天我也到衙内凑个热闹!如果天神发慈悲,动一动手,白得五十两银子,不就又有了十几天的赌本了吗?"于是,第二天一大早,通真便赶到衙门外面,见保定府的大小道士全来了,都要看天神手动,好白得银子。衙门前的告示牌上写道:"现在有天神显圣,托梦给本官,说保定府的道人,能看到天神手动的将来可以成仙。如果真遇上这个人,本官将赏给此人五十两白银。"

众道士在外等候,于成龙吩咐家仆求真去把狗熊牵来。狗熊到堂上之后双膝跪倒,不住地拱手磕头。于成龙心中不忍,说:"狗熊,你要认准害你主人的人,千万别冤枉好人,你要是明白我的话,就点三下头。"狗熊点了三下头。于成龙很满意,叫家仆求真把狗熊看住了,别伤及无辜,又叫人把一尊泥塑神像放在公堂上,用锦缎盖上,摆上香烛,然后把府门打开了。

那些道士一齐往里走,挨个儿盯着神像看,那杀人的道士通真也挤在人群中。于成龙怕众道士等烦了,没等狗熊找出凶手就散去,于是用话稳住他们:"天神说会选择吉时显灵,现在离吉时还有不到一个时辰,大家耐心点,看到神像的手动,本官立即赏五十两白银。"

这时求真正按照于成龙的计划,将狗熊拴在班房里,准备好了茶水,等道士们走的时候留他们喝茶。不一会儿吉时就到了,众道士挨个儿上堂看神像。轮到通真了,他使劲儿盯着神像看,就是看不见神像动手,被后边的人催促才停下,心想银子得不到了,便转身朝府衙外走。走到门口班房,求真让道士通真进去喝茶,通真正口渴呢,于是便走进班房。狗熊一见通真就怪叫不止,"仇人相见,分外眼红",狗熊恶狠狠地朝通真扑了过去,吓得他拔腿就跑。众衙役赶忙起身追赶,将通真捉住,五花大绑地押到公堂上。

道士通真还想抵赖,问于成龙:"大人,你为什么抓我?"于成龙听后大怒:"胆大凶徒,还敢抵赖?你在黄花铺用铜钹打死了杨束,不要以为已经死无对证了!那狗熊通人性,为主人拦轿告状,本官在杨束身边发现了这个铜钹,上面写着'清虚观'。有这两样证据作证,你还是快点招了吧!敢不招就大刑伺候!"通真怕挨打,只好把自己杀人的过程从头至尾都招了。于成龙问:"那扇铜钹在哪儿?"通真说:"在清虚观里。"于成龙派人去取来另一扇铜钹。现在证据确凿,道士通真被判秋后问斩。狗熊被送到城东的普济寺,每月官府出钱喂养。于成龙处理完这件案子,遣散了众道士,宣布退堂。

第十二回
方从益嫌贫悔婚
于成龙巧定牢笼

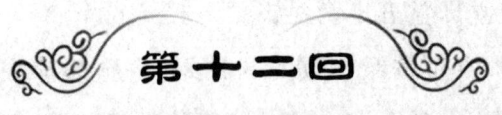

方从益自从与贺家做了儿女亲家,知道自己攀了个大官,心中十分欢喜,过节时常给贺家送礼物。不料不久之后,贺素华突然患病去世了。方从益得知,十分后悔,但是婚姻大事不能说改就改,他自叹女儿命薄,从此疏远贺家。

贺家为了办丧事,几乎花光了所有积蓄,不幸又遭一把大火,贺家从此一贫如洗。贺素华的儿子贺庆云十六岁了,幸亏有亲戚帮助才得以继续读书。又过了两年,贺公子十八岁了。一天,贺公子站在街口,正好看见一群牲口从门前经过,后面跟着一个骑骡子的人,相貌富足,原来就是那势利的方从益。方从益抬头瞧见贺庆云,衣服破旧,就像乞丐一样,心里很不高兴,把头一低赶紧走了。贺庆云这才认出是他岳父,十分羞愧,转身往家走。这时,过来了一个名叫徐咸宁的老头儿,此人很讲义气,恰好看见了方从益假装不理女婿,而贺庆云也愧见岳父的这一幕。于是老头儿开始打抱不平,对贺公子说:"贺公子,你不必觉得羞愧,既然你两家已经定亲,不管你家是富裕还是贫穷,都是木已成舟的事了,你只要安心读书,考个功名,我会给你些钱,帮你迎亲完婚,不怕他看不起你。如果你岳父还是嫌贫爱富,你就把他告到官府,这新来的于大人断案公正廉明,一定会给你个公道!"贺庆云长叹一声,说:"老人家,感谢您对我的关照。听我母亲说,这段姻缘是方家主动提出的,当初说媒的戚贡生仍在世,所以不怕他嫌贫悔婚。我只是愁家境贫寒没有钱完婚,落得这个下场我自己也觉得羞愧啊。"徐老头儿说:"公子,他家巴结你家定亲,这事谁都知道,而你父亲去世家道中落这都是天意,也不是你的错,哪有人笑话?公子别发愁了,还是回家和母亲商量亲事要紧。都是邻居,我一定会鼎力相助的。"公子点头谢过,二人各自回家了。

  方从益回到家,坐在书房低头纳闷:"贺庆云穷成这样了,让亲友们知道了,还不笑我无能啊。他玷辱他贺家祖宗我不管,损我方家的名声可不行!这门亲事说什么也得退掉,我给他点银子把这门亲事退了,他要是敢不同意,我就要他小命!"于是方从益去请当初的媒人戚贡生去办退亲之事。

  戚贡生以给人教书为生,曾经还教过贺素华。太阳快下山的时候,戚贡生摇摇晃晃地来到了方家。方从益一见戚贡生,满脸堆笑,请他落座。戚贡生问方从益:"方员外找我有什么事情啊?"方从益心里虽急,却不敢直接说出口,决定先恭维一下他再说正事儿:"在下久闻先生博学多才,但一直未领教,今天我准备了些酒菜,和您闲聊几句。"二人喝了一会儿酒,方从益才开口求戚贡生:"我今天有事儿求您,我女儿和贺公子定亲五年了,现在他俩都已经长大成人,也该完婚了。我一直在等着贺家过礼迎亲,可是贺家音信皆无,您看这件事……"

戚贡生是个见风使舵的人,听了方从益的话,他说:"都怪我多管闲事,定下这门亲事,把您女儿耽误了。"方从益假装吃惊,说:"您这话从何说起啊?"戚贡生说:"当年贺素华在世时,贺家钱财万贯,没想到现在却一贫如洗,没钱完婚。当初要是选其他富贵人家,说不定方小姐现在早过门了。"

方从益又假装长叹,说:"按照您所说,贺家没钱完婚,不就耽误了我女儿的终身幸福吗?求您替小弟出个主意,我感激不尽啊!"戚贡生说:"他家过日子都很艰辛,催他们赶快成亲也没有用啊。"方从益装作灵机一动说:"小弟我倒有一个主意,您看行不行?现在贺家贫穷,不如解除婚约,从此一刀两断,免得您这个媒人为难。您如果能帮我把亲事退了,我肯定会重谢您的!"戚贡生心想:"这个方从益是嫌贫爱富了,有银子赚的话我就试一试。"方从益拿出白银五十两,银光闪闪。戚贡生一见心动,满脸堆笑:"多谢盛情款待!原本就不该定这门婚事,这事儿您不用操心了,包在我身上。"他答应下来,把银子揣入怀里。

方从益问:"您想好怎样退亲了吗?"戚贡生说:"方员外,我有个好主意,应该能把事情办成,您就等我好消息吧。"方从益说:"您有什么妙计?请告诉我吧,小弟我一定按您说的办。"戚贡生说:"咱们就对贺家说您女儿突染暴病身亡,贺家也只能就此作罢,您再把女儿许配给有钱人家。贺家要是知道了来问您,您就说那是您的二女儿,贺家难道还能不让出嫁吗?量他母子也想不到。"方从益觉得这个主意很好,说:

"您真高明啊,就麻烦您办这件事了。"

戚贡生到了贺家,把编好的话告诉了贺庆云。贺庆云心中暗想:"怪不得昨天岳父从我家门口路过就像没看见我似的。可是他女儿病故这么大的事儿,怎么我从来没听说过?其中一定有诈!"贺庆云让戚贡生稍等,自己到后院告诉母亲黄氏。黄氏也怀疑戚贡生说谎,便把他请到后院对质。戚贡生着急辩解,声音很大,惊动了隔壁老头徐咸宁。徐老头儿生就一副仗义心肠,听见后很生气,忙来到贺家要评一评理。

徐老头儿问:"戚先生,方、贺两家定亲,是您做的媒,方小姐就生是贺家人,死也是贺家鬼。为什么方小姐生病的时候,方家不通知贺家一声?还怨夫人生气,您是读书人,明事理通人情,您这时来退亲,能让人相信吗?"戚贡生急得面红耳赤,说:"徐老先生只知其一不知其二,错怪人家了。不是方家不来报信,这姻缘之亲,不同寻常,是我知道贺家现在生活困苦,叫方家不要通知了,免得贺家破费。可不料第二天方小姐一口气没上来就走了。方家不是什么名门望族,就没向外报丧,也给贺家母子俩省点儿钱。徐老,您也深明大义,您给评评理,我这副热心肠难道是多余吗?"徐老头儿微微冷笑,说:"依我看,你们就是串通一气。"

贺庆云也生气地说:"您先回去吧,明天我们到抚院于大人那去说说理。"戚贡生站起来,看着徐老头儿说:"贺家母子一定是你教唆的,你仗着有于大人撑腰,强词夺理。我和方员外说的都是真的,不怕你告官!"

戚贡生边往方家走边在心里盘算:贺庆云要去官府告

状,于大人为官清廉,不讲面子,不爱钱财,我们这个谎话一定骗不过他。原指望欺负孤寡母子,没想到反害了自己,唉,这可怎么办?一会儿到了方家,见到方从益,他把在贺家的事情说了一遍。方从益自知理亏,也觉得害怕,说:"贺庆云那畜生,竟要告状,咱们在于大人面前一定会出丑,怎么办呐?"戚贡生说:"方员外,保定府城中只有崔英的官大,又和于大人同年考中,您准备一份厚礼,去求他帮忙吧。于成龙虽然是清官,但崔英的话他还是能听听的。"方从益连忙准备金银厚礼,让人抬到崔府,崔英接受了金银,答应会帮方从益说情。

贺庆云与母亲商量完,就请徐老头儿一起到衙门告状。于成龙接过状纸,读完后仔细思考这个案子:"戚贡生作为一个教书先生,不应该欺诈他人,况且是帮自己学生做媒,怎么会偏向方家呢?如果这样说,方家之女应该是得病去世了;但另一方面,方家是富家大户,女儿去世怎么会不告诉婆家,悄悄下葬呢?分明是说谎!况且如果真有这事,还用求崔英来说情吗?本官如果直接问方从益,他不可能说实话,若再整一口假棺材蒙我,我也不能打开棺材验看。媒人又是个贡生,无凭无据不能用刑,所以这个案子不能操之过急。"于成龙主意已定,派人传贺庆云和戚贡生上堂听审。贺庆云一会儿便到了,但是找了戚贡生一天,也没找着,原来他正躲在方家商量对策呢。

到了傍晚,方从益到崔英府上打探消息。崔英请方从益落座喝茶,说:"于大人已经答应了,会在审案时照顾你的。"

方从益和戚贡生两人听后欢天喜地。戚贡生打算回家,这时于大人的家仆求真来求见。方从益急忙把求真迎到书房,端茶倒水,十分殷勤,求真问方从益:"方员外,我奉大人差遣,来和您说件事,于大人的侄子现在没有定亲,今天听崔老爷说,贵府上有两位小姐,大小姐身亡,二小姐现在待聘,于大人派我前来提亲,想把二小姐许配给大人的侄子,不知方员外答不答应啊?"方从益一听抚院大人向他提亲,高兴得不得了,说:"于大人不嫌弃小女位卑,与大人的侄子结亲,在下求之不得啊,哪能不愿意呢?"求真说:"员外答应了这门亲事,还有一件事要麻烦您,于大人的侄子现在过得贫穷,拿不出聘礼,所以想向员外借一千两银子。如果您肯借呢,就立刻准备行聘;如果您不肯借,那这门亲事就不算数了。"方从益一听抚院大人向他提亲,哪还心疼一千两银子,于是立刻答应借银子。仆人求真把事情办完就回府衙了。

第二天,于成龙传贺庆云和方从益上堂审案,当堂于成龙竟然相信了方从益的话,反将贺庆云、徐咸宁训斥一顿,说他诬告,本应当重罚,但念在贺庆云年幼无知,方家又报信晚了,就饶了他们,撵出衙门。于成龙断完案退堂。百姓们议论纷纷:于大人往日公正清廉,不爱钱财,今天却受贿贪赃,竟然贪图方从益的家财,向他提亲,草草了断了贺家的案子。于成龙只装作不知道大家在谈论自己。贺庆云和母亲黄氏十分怨恨于成龙,连徐咸宁也不住地抱怨。于成龙这边很快下了聘礼。

眼看婚期到了,于成龙派人打理,准备好了轿夫、彩轿和鼓乐笙箫,把方绛霞小姐迎娶到于府。将新娘子方绛霞搀出轿后,于成龙就叫人请出一位公子,众人一瞧,却是贺庆云!礼堂上挂着一块告示牌,上面写着:"本官为官公正,今判新娘归原配。"于成龙立刻升堂,方从益、戚贡生、徐咸宁等人都被传来。于成龙说:"方从益,你悔婚是嫌贺家贫困,本官借你一千两银子来帮助贺庆云,贺家原本是官宦人家,也配得上暴发户的女儿了,本官又给他个侄子的名分,方从益,不算难为你吧?你女婿自幼读书,你又有家财万贯,你资助他读书,他定能考取功名,你将来还是贵人的岳父,那时候你还要感激本官的恩情呢。如果不是看在崔老爷的面子上,一定重责戚贡生,以示国法!"方从益、戚贡生二人又是害怕,又是含羞,哪里还敢多说话,都点头称于大人做得好。贺庆云母子喜极而泣,拜谢于成龙以及热心的邻居徐咸宁。于成龙将方家陪送方绛霞的嫁妆和那一千两银子,连同他夫妻二人、黄氏夫人送回贺宅完婚,鼓乐笙箫,好不热闹。贺家深感于成龙的大恩大德,早晚为他上香祷告。先前那些议论的百姓这才知道于成龙原来不是贪财,便更加拥戴他了。

于公案

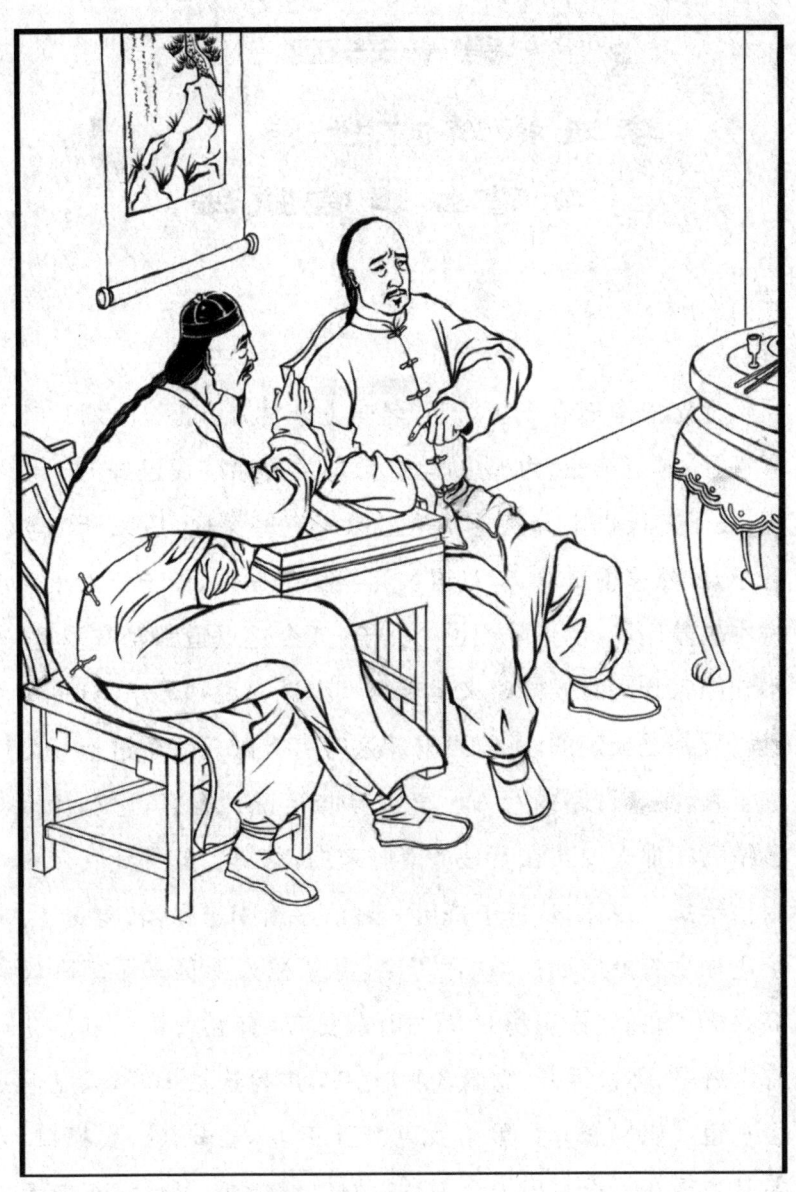

方从益打算悔婚,叫来媒人戚贡生商议。

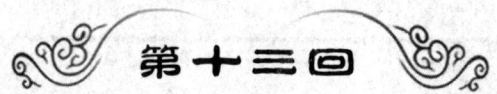

第十三回
李进禄济南投亲
斩曹操清官执法

保定府南面有一座村庄,名叫王家村,住着一个乡民,叫李进禄,排行第三,为人忠厚勤劳,他的母亲陈氏已经七十岁了,妻子刘氏也十分贤惠。祖上原来有些家底,后来渐渐落败了,虽然家境贫寒,却过得和和美美。一天,母子三人正在房中坐着闲聊,母亲陈氏说:"儿子,如今这世道都嫌贫爱富,不知咱家什么时候能时来运转啊?"李进禄说:"母亲,自古富贵贫贱都是天定的,不能强求。"这时有人敲门。李进禄开门瞧了瞧,是个过路的行人。李进禄赔笑说:"客官,您有什么事情啊?"那人说:"在下是济南府来的,您舅舅陈爷让我带一封信给您。"说完,从怀中掏出一封信递给李进禄,转身走了。李进禄拿着书信回房,说:"母亲,舅舅托人捎信来了。"陈氏高兴极了,说:"你舅舅自从去山东卖布,有五六年一点信儿都没有了,你快拆开,念给我听听。"李进禄连忙拆开,只见信上写道:"姐姐您好!弟弟我离家五年多了,做点买卖糊口,但是到现在还没有孩子。不料媳妇忽然病死,可怜我年老无子,孤苦伶仃,无依无靠。听说外甥进禄已经长大成人,现在在家务农。姐姐快叫进禄打点行李赶来山东,到我的布店里帮忙做买卖,总比种地强。以后等我去世了,让进禄继承我的财产再回家。弟陈宸"李进禄念完书信,母亲满心欢喜。

但是李进禄犯愁了:"母亲,我去济南虽然好,但是没有路费怎么办啊?"进禄的妻子刘氏说:"路费有什么难的?家里有一点银子,昨天我父亲在集上卖了一些粮食,你去向他借钱,等你从山东回来还上。"

陈氏觉得儿媳妇讲得有理,于是让李进禄去南庄找岳父屠户刘成借钱。到了岳父家,李世禄把舅舅捎书叫他到山东的话说了。刘成一听就答应了,给了进禄十两文银。李进禄告辞回到家中,打点行李,告别母亲和妻子,去山东找舅舅陈宸了。李进禄到了济南府鼓楼前面的布店,把买卖之事都学会了,把布店经营得十分兴盛。

不料,他舅舅得了一场大病,一命呜呼了。李进禄为他办完丧事,心中想念母亲,随即把布店卖了,除去办丧事的钱,剩了五百两银子。他买了一匹牲口,带着银子离开山东走上了回家的路。

于成龙这天审完案子,在书房休息,不一会儿就睡着了。忽然听房外有风声,只见有一人脖子上戴着枷锁,身上缠着铁锁,光着脚,头发乱七八糟,样子十分狼狈,来到于成龙面前跪倒。于成龙十分吃惊,问:"是谁在下跪啊?"那人叩头说:"大人,我生前是汉朝的曹操,去世后阎罗说我犯了好几千条罪,让我在地狱受煎熬!现在又罚我到人间变成牲畜,常年受鞭打,今朝又该受苦,求青天慈念垂恩,搭救脱难,小人再不敢违天而行了。"那人流泪行礼。于成龙怒骂:"奸贼曹操,真该万死!想当年,你胡作非为,徐田射鹿,欺辱主君汉献帝,陷害忠臣义士,逼死皇后,倚强压弱,名为国相,暗是国贼!"那鬼魂心怯,旋风乱滚,悲切出房。于成龙梦中惊醒,瞧房内无人,天色很暗,暗自沉吟道:"奇怪,本官睡梦之中,怎么有汉朝奸臣曹操前来求本官救他,这年代久远,他为什么要给我托梦呢?"于成龙一头雾水,想不明白。突然,他想起要判一件案子,便吩咐:"开门,伺候升堂!"刚刚坐好,公堂之下竟然有猪的哼声。于成龙低头一看,竟然是一只黑猪,他大声叫道:"来人,将黑猪赶出公堂!"可是那黑猪跪在堂前,就像人跪着一样,于成龙吃惊,叫衙役快去验看黑猪有什么异样。

那名衙役答应,来到黑猪跟前,留神观看了半天,向于成龙禀报:"大人,小人验看黑猪,见它身上有字,是'曹操'二字,十分清楚,一点不错。"于成龙闻听,心中醒悟:怪不得刚才鬼诉求情,竟有这等异事?曹操是汉朝人,到如今变成黑猪,果然天网恢恢,疏而不漏。

于成龙想罢,吩咐:"来人,快传屠户伺候!"衙役迈步出门去传,可巧就遇着到山东投亲的李进禄的岳父刘成。他今天恰巧到城里有事,于是被叫到衙门内,当堂下跪。于成龙开言就说:"此猪既有'曹操'二字,一定是恶贼曹操托生,理当正法,如有失主找寻,官府会赔给二两银子。"说罢,吩咐:"快把黑猪拉下去,在街前杀死示众。"说着,亲自写了一张告示。屠户刘成不敢怠慢,便把黑猪拉到街前,一名衙役拿着告示公布,刘屠户动手杀猪,众百姓无不称奇,唾骂曹操,夸奖于成龙。事毕退堂,刘屠户回家,往雄县方向走了。

话说李进禄回家心切,不顾风霜雨雪,日夜赶路,不停地催驴儿快走。走到了雄县,刚要进城,迎面来了一人,好像是岳父,那人越走越近。李进禄慌忙下驴,加快走了几步,上前鞠躬,说:"岳父,小婿有礼了。"刘成见女婿说:"姑爷出外多时,我父子在家,刻刻想念,今天上保定找人,被抚院大人传去杀猪,交差回转,没想到遇上姑爷,真是太高兴了。今日尚早,离家不远,姑爷何不先到家中瞧瞧岳母,歇息片时,然后回家也不为晚。"说罢,拉着牲口来到南庄,到了家,与丈母、妻舅见礼,归坐。刘成叫儿子买肉打酒,款待李进禄,大家饮酒,翁婿相逢叙谈久阔,说些家常。李进禄掏出银子交给岳父,含笑说:"小婿给您的一点心意,别嫌少啊。"刘成接过银子说:"不敢,有何德能,领受厚赠。"

二人谈话的工夫,天上乌云密布,凉风阵阵,下起了倾盆大雨,不觉已经到了黄昏。刘成说:"姑爷,大雨难行,而且昏黑,明早回家吧。"李进禄说:"今夜打扰不当。"二人点上蜡烛。李进禄复又开言说:"小婿一路乏倦,将酒席撤去休息了。"进禄倒身就睡。刘成心里想:女婿回家,带了不少钱,人都有时来运转,就我命不好,枉自用心。现在当屠户,难道也是前生造定,活该受困苦?眼前女婿赚了几百两银子,何不趁他睡着,用刀杀死,将尸首掩埋到后院里,神不知鬼不觉。钱财到手后,买房置地,从此荣华,强过受苦当这屠户。恶贼主意已定,叫进两个儿子,说:"咱家现多寒苦,杀猪为生,想要发财,万万不能!你妹丈赚银无数,趁他睡熟,害其性命,在后院掩埋尸首,快去磨刀!"刘屠户妻子听到此言,吓得胆战心惊,抖得像筛糠一样。

第十四回

恶屠户谋害女婿
李进禄冤魂托梦

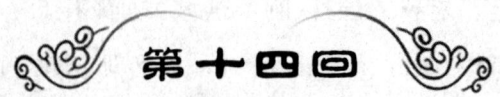

话说恶贼与二子商量,不防他妻子张氏听见要害女婿归阴,唬得魂不附体,往前紧走几步,伸手拉住刘成,流泪说:"儿夫为什么无故生心?银两本是倘来之物,妄想胡贪,得罪神明。自古女婿原是半子,为财伤命,事犯当官,惹出祸灾,且使女儿孤单,亲家母年已七旬,龙天察照,放过谁人?儿夫若要听劝,不可暗杀女婿。"张氏言词未完,恶贼动气,大骂:"蠢妇,不要胡说!女婿是外人,不是你我养大的,杀了又有什么关系?莫愁女儿无人养活,守上一年半载,另寻一个门当户对的人家,又是一门新亲,更比李家胜百倍!我们作男子行事,谁许你多言?还不给我回后去睡。再要拦挡,连你一起杀死!"说着,分外动气。张氏唬得"喏喏"而退。恶贼刘成父子,便把李进禄杀死,埋在后院,一应东西打扫干净,俱各收拾停当。然后在灯下把李进禄的行囊打开,掏出银子。次日,刘成掖着银子,便去置房买地,享受富贵。

陈氏自从进禄去山东后,便朝夕盼望儿子,心想:"我儿如何还不回来?山东离此不远,却音信不通,莫非在外身得疾病?或是舅舅不在历城,投亲不遇,无钱回家?"想着想着,泪如泉涌。李进禄妻子刘氏在旁亦为伤心，勉强解劝："婆母宽怀，你儿不久回转。"不觉天色已晚，点上蜡烛，婆媳吃罢晚饭，刘氏打发婆母安眠，然后回到自己房中。刘氏独对银灯，伤情暗叹，无精打采，和衣而卧。

　　李进禄被恶屠户所杀，冤魂不散，牵挂老母和妻子，便连夜托梦还家，一阵旋风，离了刘成后院，霎时来到自己门首，欲要进门，忽然听见人声，显露两位尊神，全身披挂金甲，手擎鞭子说："你这屈死冤魂，莫要前进，此乃良善之家，不可擅入。"李进禄一见门神拦路，跪倒说："上圣，小魂并非邪祟，乃是李门之子，名叫李进禄，被人害死，今天回家托梦，希望上圣开恩放我进去。"门神说："你虽然是这家人，但已经成为鬼魂了，想要给母亲和妻子托梦，前门你是进不去了，你从后门进去吧。"李进禄不敢有违，离开前门到了后门，刚到，还有门神挡住，李进禄苦苦相求，门神就让他进去了。李进禄旋风般滚进后门里，走进房，抬头瞧见妻子刘氏睡在炕上，冤魂心如刀绞，泪流满面说："贤妻快醒来！我是你被害的丈夫，回家托梦来了。我自到山东布店投亲，不料舅舅身亡，我思念家乡，就把店卖了，带着银两回家。不料路上遇到岳父，邀我到家中，岳父见财起意，用酒把我灌醉，一刀杀死，埋在你家后院，五百两纹银已被他抢去，可怜无人替我雪恨！贤妻如果念咱们夫妻之情，请替我申冤，醒来别当虚浮梦景。鸡要打鸣了，我得走了。"说罢，在床前击了一掌，刘氏一下就惊醒了，觉得冷风飕飕。刘氏思前想后，半晌才说话："奇怪，刚才是梦见相公回家诉苦吗？"

刘氏自言自语："相公被我父亲图财害死，此事令人难以相信。可是相公手提人头，尸骸不整，说得详细，很像真有此事，可是我父亲怎么能狠心杀女婿呢？替相公鸣冤无凭据，梦中的话，如何告状？况且仇家又是亲生父亲，怎么能无凭无据就去告状呢？此事非小，不可轻举妄动，须要仔细查查再说。"刘氏很为难，在婆母跟前又不敢告诉，过了几天，假称去瞧母亲，来到娘家。

刘成见了女儿，比以前分外亲热，买来酒菜殷勤款待，反说："姑爷许久不回来，我倒时常想念。"刘氏着意观瞧，一点形迹也看不出来。刘氏住了一天便告别了父母，回到婆家，晚间又梦见丈夫托梦，让妻子为他申冤报仇，与前晚一样，以后夜夜如此。先前不过托梦，一段时间以后刚到黄昏，鬼就出来，悲声惨切，哭骂刘屠户图财害命，贤妻不肯报仇，顾父不顾丈夫，阳世既无人报恨，少不得阴间告状，先拿刘成父子，再活捉妻子。

刘氏害怕，说："相公如果真被我父亲害死，就该去闹他，闹我还有什么用处？"冤魂立刻不见了，刘氏房中安宁下来。李进禄的魂儿来到刘成家内，白天也现形，前后乱跑，闹得刘成父子胆战心惊，都不敢在家中睡觉。

于成龙正坐在官衙里，听得门外喊"冤枉啊！"随即吩咐手下将喊冤的人带进来听审。衙役不多时带进一人。于成龙观瞧，见他长相善良但赤身露体，便问："你有什么冤情？"那人叩头说："青天大人，小人名叫房能，住山西平阳府内，要往京城经营，路过雄县南庄，早上起得早，走到一口井边，遇着邪祟冤魂，走在我面前，披头散发，身穿白衫，望着我悲声索命，吓得我倒在地上，晕了过去。醒后，被套内的八十两白银和袍褂衣衫全都不见了，也不知是冤魂，还是贼偷的，恳请大人垂念离乡之人，捉拿凶犯。"于成龙一见乡民落难，不由心生怜悯，暗自思考。想好后问房能："本官问你，井边未遇鬼之前，是在何人店内投宿？"房能说："那夜是在南庄一个亲戚严三片家住宿。"

于成龙想起那天审案时，堂前怪风吹落檐瓦，风雨之内又带哭声，"严""檐"两字虽不同但是音相同，难道就是严三片？无凭无证，难以提审，何不暗行，访个明白，再来审案？于成龙想罢，吩咐安顿好房能，另日听审。衙役答应，带房能出衙而去。于成龙退堂更衣，扮作云游道士，肩挑扁担，不带一人，等到黄昏出城，直奔雄县去了。

于成龙看见面前有一个村庄，就迈步进庄，手拿毛竹卦板敲响，嘴里吆喝："善晓吉凶，六壬神课，预知生死，兼断穷通。"刘氏正在房中闷坐，听得卦板之声，心想："丈夫托梦，不见得是真的，今天幸遇婆母在街坊家闲坐，何不请进先生占算吉凶？"

刘氏迈步出门，说："那位算卦的先生请进来，奴家有一件疑难心事，麻烦给我算一卦。"于成龙闻听，留神观看，街东门首站着个年轻妇女，十分端庄，但是愁眉不展。于成龙上前弯腰鞠了一躬，说："奶奶，叫贫道有什么事情？"女子说："道爷，奴家想要算命。"将于成龙请进院内坐下说："道爷，请给一个属虎的男人算算。"于成龙说："属虎的今年三十一岁，不知几月几日生辰?"刘氏说:"八月十三日夜半子时。"于成龙取出《百中经》查对,查了好久才说:"这位爷是路旁土命。幼年虚花,未逢旺运,祖业难守,定受奔波。癸酉交运,该他成家立业,发一宗外财。奶奶别恼,恕贫道直言。这位爷临终定然横死,况且今年又是太岁当头,白虎神压运,若无意外之灾,定有性命之险!此位是奶奶的何人?现住何处?"女子闻听,唬得惊疑,半晌开言,止不住落泪:"道爷,阴阳如神,此人是奴夫主,离家去山东投亲,至今并无音信。还有一事,为难在心,欲言又恐泄机。"于成龙说:"奶奶,贫道乃是出家之人,凡事慈悲为本,哪能胡编乱造,暗害别人?你心中有什么为难之事,只管对我言讲。"女子闻听,说:"我要是跟你讲了,你可千万不能走漏风声啊,要不然就会惹出事来。"于是,刘氏自始至终地说了一遍。于成龙听罢,便问:"奶奶,依贫道看,托梦真假难辨,一来梦是虚幻的,二来仇家不是陌生人,是你的亲生父亲,所以应该不是真的,即便是真的,你肯为丈夫的冤仇状告亲生父亲?就算你有这心,你能狠下心来去做吗?"女子心里很不高兴。

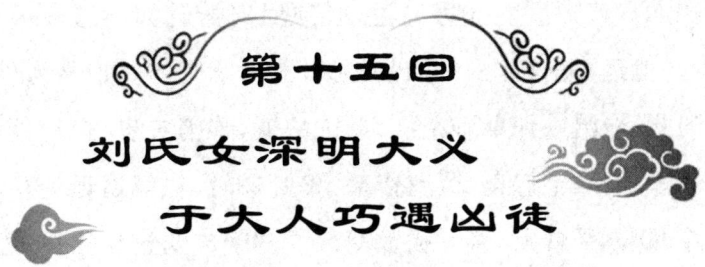

第十五回
刘氏女深明大义
于大人巧遇凶徒

刘氏说："道爷，你说得没有道理！古语云：脱衣见夫，穿衣见父。如果是偏心父亲，不为丈夫报仇，难道不是有伤风化吗？如果有了证据，我一定会到官府告状。"于成龙心里对刘氏十分赞赏，能为丈夫状告父亲，真是恪守三从四德的忠贞烈妇！本官一定要访明此事，惩恶扬善。于成龙说："奶奶，贫道云游，奇怪的事情也不知见过多少，您父亲家住在哪里？叫什么名字？做什么生意？告诉贫道，待我前去探听，包管就见真假，您不要轻举妄动，有伤父女恩情。要是您父亲图财害婿，我就给你写上一张状词，同你婆婆到保定府抚院于大人府上禀告，包管给你丈夫洗刷冤屈。"刘氏满心欢喜，说："道爷，我父姓刘，名叫刘成，是个杀猪屠户，住南庄。"离开李家，于成龙又把卦板掏出，拿在手里，敲得连声响，吆喝道："算命！"

刚进庄中，迎面来了一人，喝得醉醺醺的，一步一摇晃地朝前走。于成龙仔细打量这个人，衣衫凌乱，举止轻狂，贼眉鼠眼，摇头晃脑，口中自称"严三太爷"。又有一个人说："这就是在南庄开店的严三片，此人万恶滔天。"于成龙听说，暗道:"本官若知房能被害经过,必须回府衙时如此这般……"接着,他迈步前行,手中加快打板,大声吆喝:"贫道从海外云游到此,专治一切疑难杂症,灵符一道,善消灾患,走尸逃亡,捉怪降妖,净宅怨鬼,冤魂作耗,我要来时,他就远远走开,治病除邪,不受钱财,管一顿饭就行了。"于成龙正在招揽生意,该死的凶徒刘成走上前来,快走几步,望着于成龙施礼。

刘成自从杀死李进禄,便感觉怨鬼冤魂不散,闹得他胆战心惊。他此时正站在门前,听见吆喝"除邪驱鬼",不由得内心欢喜,来到于成龙跟前说:"道爷,在下姓刘,就在此处居住,家内忽然邪祟闹事,麻烦道爷驱鬼除邪,如果使我家恢复平安,自当重谢。"于成龙说:"贵宅既然不安,贫道前去瞧瞧。"刘成连忙把于成龙领到家中。

于成龙前后瞧了一遍,说:"您家里藏着一股黑气,不是妖魔精怪,而是个屈死的冤魂。白天有太阳的真火照耀,他不敢现形,难以除治,必须得夜深时候才能除去。"刘成闻听,心中有鬼,不由得担心起来,说:"道爷,夜晚需要什么镇物吗?"于成龙说:"你预备一些香烛,把家眷请出,不许一人留在家里,贫道自有法力降妖除魔,明天包管你家宅舍清静。"刘成连声答应,叫长子刘太治买香烛俱齐,又买些素菜面饭,打发于成龙吃饱。

不一会儿,太阳落山了,于成龙望着刘成说:"天已黄昏,贫道马上就要驱鬼了,您不可在此久留,请出去吧。"刘成答应,便同两个贼子、妻子张氏都到邻家借宿。于成龙打发刘成全家出去后,把香案摆上,虔诚进礼,叩拜天地,坐在香案前。

到了二更时候,忽然打后院刮起一阵旋风,滴溜溜地刮到前院,于成龙觉得冷风凄凄,阴云滚滚,隐约有哭声。于成龙坐上细看,见风中裹着一个魂魄,浑身难看。于成龙观罢,大声说:"作祟冤魂,别往前走了,本官姓于,是保定抚院,善断民间冤情,剪恶除强,除暴安良,今天到这私访,怨鬼,你有什么冤屈?跟我讲来,本官替你报仇。"李进禄的冤魂连忙在香案前跪倒,说:"大人在上,小人名叫李进禄,今年三十一岁,从山东做买卖回家。不料丈人刘成见财起意,用刀杀死我,把我囊中五百两银子全都拿走,将尸首埋在后院,求大人为我申冤。"于成龙听怨鬼之言,与刘氏梦中言语一点不差,叹道:"这段冤情已经显露,可叹世上有人心最狠,亲女婿也不认得,为银两连女婿都杀。"

于成龙说:"刘成不念亲情,只图财物,真该万死,古语云:人为财死,鸟为食亡。真没说错。本官回衙一定拿获凶犯,将他千刀万剐,为你报仇。你的冤屈本官全都明白了,你去守住自己的尸体,再不许出来吓人。本官会向你妻子说明,叫她为你告状,捉拿刘成父子。"怨鬼闻听,叩谢而去。

一会儿,东方发亮,太阳快出来了。于成龙把刘成父子从邻居家叫回来,说:"贫道已将怨鬼驱去,从此贵宅平安无事,多有打搅,贫道告辞。"刘成十分高兴,从腰内掏出三百文钱给于成龙。于成龙赔笑说:"我四海云游,但凡给人家除邪净宅,分文不收。"说罢,摆摆手,走了。

刘成晚上睡觉,果然不见冤魂吵闹,心中欢喜,暗想:"这个老道真有些神通,竟把李进禄的冤魂撵走了。"

于成龙将李进禄的冤情打听明白,离开南庄,又来到王家村李进禄门前,用手拍门。刘氏闻听,走出来开门,瞧了瞧,认得是昨日在他家算命的先生。刘氏说:"道爷,昨天去探听消息,不知可有什么动静?"于成龙就把刘成请他去净宅,李进禄的冤魂现形诉苦,尸首埋在后院之内的事情说了一遍。刘氏哭得倒在地上,不省人事。

于成龙等了半天,刘氏醒了过来,把于成龙请进院内,将这件事告诉婆母。老人家哭得捶胸跺脚,死去活来。于成龙在一旁解劝:"哭也没用,贫道给你写一纸冤状,到保定城中于大人府衙去告状,如果没有盘缠,贫道身边还有三两白银,都送给你,可当路费。"于成龙说罢,写完状纸,和银子放在一处,说:"你婆媳不要耽搁,快些前去。"刘氏婆媳一齐磕头,叩谢恩惠。于成龙随即离村,回到保定府内,立刻升堂,叫上捕快头儿何彪,附耳低声吩咐一遍。何彪说:"小人知道。"出衙前去办事。

刘氏同婆婆商量要去告状,收拾好行李,婆媳二人出雄县奔西南保定府,催着车辆前行。没几天就来到保定府内,刘氏搀着婆婆来到抚院衙门。值日官员接了状纸,禀明于成龙,见是图财杀婿一案,于成龙胸有成竹,吩咐:"把告状的妇人带进来!"

婆媳二人到堂跪倒。于成龙说:"刘氏,你抬起头来看看,可认得本官?"刘氏抬起头往上看,见抚院大人与前几天算命的道士长得一模一样,吓得不敢答应,只是磕头。于成龙说:"本官为你丈夫这段冤情,在外私访,早已明白案情,你俩不用再说了,暂且在此等候,本官派人去拿凶犯。"说罢,写传票派八名捕快去雄县南庄,把刘成一家四口捉拿回来,带进衙门,一齐跪倒。

于成龙大怒,一拍惊堂木,大骂道:"刘成,你这万恶之贼,你女儿告你图财杀婿,你快从实招来!"刘成跪爬半步,说:"青天在上,小人的女婿往山东投靠舅舅,至今尚未回家,怎么能听信妇人一面之词,就诬赖小人杀害女婿呢?"于成龙闻听,用手一指:"本官如果不给你个对证,你还要在本官面前强词夺理。你可记得前天有个云游老道,到你家中给你除邪净宅?晚间鬼魂显形,在本官面前诉冤,说他因从山东带着银两回家,在路上遇到岳父,在你家中被你用酒灌醉,你趁他睡着时把他杀死,将尸首埋在后院。你还敢抵赖吗?"刘成听完不语,心中后悔,不如认罪画押,免得当堂被打。恶贼跪爬半步,说:"小人的过错被大人识破,小人不敢强辩,这些都是真事,小人情愿当堂画押认罪。"

第十六回
斩凶徒百姓称快
访盗贼假鬼遭擒

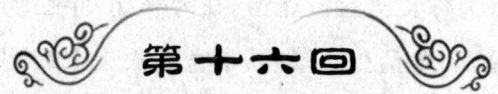

于成龙等恶屠户刘成招供完毕，派人连夜赶到雄县南庄之内刘成家后院，把李进禄的尸骸刨出来，命公差验看，只见满身伤痕。于成龙又叫刘成之妻张氏上堂，说："蠢妇，你丈夫、儿子纵要胡作非为，图财杀婿，你该劝说才是，为什么和他们同流合污，干下坏事？按大清律法，你的罪名也不小。"张氏闻听，浑身打战，不住磕头："那天夜里他们父子商量，小妇人也曾苦苦阻拦，无奈丈夫不听，还要连小妇人一起杀死，要不是儿子挡住，小妇人早已丧命了，小妇人并不是同谋啊，恳求大人宽恕。"

于成龙听罢，随即提笔判道："刘成犯下滔天大罪，杀女婿碎剁埋尸，按大清律法，当凌迟处死；刘大、刘二帮父谋杀妹夫，应该斩立决；张氏劝拦刘成，开恩释放回家，由女儿养老；李进禄无故遭人杀害，将刘成家业房地判给李进禄的母亲陈氏；刘氏状告亲身父亲为丈夫申冤，颇晓大义，立贞节牌坊，千古留美名。"于成龙判案公正，府县官员喜悦，陈氏、张氏一齐拜谢，出衙门而去。于成龙随即写奏本进京，几天后圣旨降下，下令斩掉刘成父子三人，就在保定府正法。

这天，刘成父子三人被捆出南牢，刘氏虽与父亲有杀夫之仇，但是还有父女之情，便同母亲张氏买些祭物纸钱，来到法场，摆在父亲刘成面前。刘氏跪倒，流着泪说："父亲，不要怪女儿狠心告你，是你不该为银子杀死女婿啊！"刘成羞愧至极，父女二人抱头痛哭。忽然听衙役发话："时辰已到，准备行刑！"刘氏退了下去，只见刽子手提刀走过来，把刘成剐了，把刘大、刘二斩了。刘氏念父女之情，买了三口棺材掩埋了刘成父子三人，然后同婆婆、母亲雇车回到雄县，整顿家宅，与刘成的产业归并一处，孝敬婆婆，赡养母亲。

捕快何彪带领四个公差，出了省城，直扑雄县。那日正往前行，眼看与南庄相离不远，何捕快先找到房能所说的水井，暗将四个公差埋伏在松林之内，他自己进了南庄，住在严三片的店中。

捕快何彪吃完饭，向严三片借了一杆秤，回到房中，从褡套里取出银子称了一会儿，故意弄得"叮叮"连声响，然后把银子收拾起来开始睡觉。第二天一大早，捕快何彪起来扛上行李，结账出门，专走井边的大道。走了一会儿，到了水井不远，忽然听井内悲声，渺渺冥冥，有鬼魂现形。何彪一见冤魂出井，留心观看，与房能讲的一样。何彪故意"哎呦"一声，栽倒在地上，行囊被套也扔在地上。

何彪装死，眯缝着眼睛瞧，看那冤魂竟然直扑褡套，把白袍脱下，解绳卷起放在褡套之中，又把头巾摘下，揣在怀内，钢钩一对，挂于胸前，收拾完毕，高兴得脸上乐开了花儿，肩扛褡套就走。何彪一见，站起来喊叫："贼人往哪里跑！"说着,取出铁尺,直奔贼人,那装鬼的贼人赶紧快跑,不料"咕咚"一声被绊倒在地上,何彪上前将他按住,松林里闪出四个公差,一齐上前将贼人绑起。不多时,东方大亮,看得明白,正是开店的严三片前来装鬼。

何彪看罢大笑,望着众公差说:"伙计们,大人吩咐的话果然不错,他说一定是有人装鬼,叫你我前来假装住店,弄财帛让窃盗上钩,贼人果然中计被捉住。"说罢,带着贼人,扛起褥套,来到井前,往下一看,一齐哈哈大笑,何彪说道:"我说他怎么站在井中,原来想出这个计策,竟是将一个箩筐拴上麻绳系在井内,绳子拴在护井石上,他站在箩筐之内,很妙,难为这恶贼诡计多端,想出这个方法,不知害了多少过往行人,终于叫抚院大人猜破了。"

公差拿起褥套,锁拉贼人来到雄县,要了一辆车,装上犯人,立刻起身返回保定。捕快何彪进衙门回禀,于成龙立即升堂,吩咐:"带恶贼听审!"衙役不多时把恶贼严三片带上公堂。于成龙留神一看,果然是先前在南庄见到的恶棍,大怒道:"该死贼人,你装鬼欺唬行人,多少住店商人受苦,听说你一直做贼,偷人米粮钱财,真不知羞臊!你欺压邻舍,房能遇害失盗,衣衫盘缠全被你偷去,无奈到此喊冤。本官私访查你,今天你恶贯已满,情节本官全知道了,你给我快些招来,免得受刑!"贼人闻言,不住磕头,说:"大人,不要生气,听我慢慢讲,小人自幼无赖,以偷摸为业,被官府抓住,后来小人逃了,从此四处漂泊。春天到安肃县夏家村内看望朋友,小人顺路进山,遇见行人坐在林中,驴上搭着行李,小人见财生心,四顾无人,腰内取出钢钩,趁客不防,将他杀死,取下行李,将驴放去,内有白银一封,还有零银。三片此后买房开店,还常偷盗,假装怨鬼唬人。不料房能告状,青天私访,驾到村中,小人恶迹全知,自作自受,罪该万死,所招是实。"于成龙骂声:"恶贼!来人,将严三片重打四十大板!"然后传狱卒把他关入监牢,秋后斩决。发放完毕,于成龙低头暗想:"听他刚才说,今年春天在安肃县山中杀死行人,本官想来这一件人命,不知能连累多少人,本官得到安肃县访明,免得好人含冤。"

于成龙吩咐衙役速到雄县南庄起赃,衙役领命前去。

于成龙打发公差去后退堂。到了晚上,他假扮成一个算命先生,去了安肃县,一路边敲竹板边吆喝。到了安肃县和外县交界的一个村子,于成龙吆喝"算卦",忽然听有人招呼。于成龙举目观瞧,见路东门内有个年老妇人望着于成龙招手。

于成龙进了夏家村,看打招呼的是个年老婆子,便带笑问道:"老妈妈,招呼在下,有什么事要我办啊?"老妇人说:"先生,没事不敢叫您,请问您会写字吗?"于成龙说:"既然会算命,哪能不会写字?"婆子连说:"凑巧有事麻烦您,请先生进院。"老婆子走到里边,说:"杭大嫂,我一出门去请先生,就有位识字的人来到门外,你那婚书何不请这位先生一写?"那妇人闻听,说:"刘妈妈,你把情由说给先生写就是了。务必先把聘金拿来,我好买些酒饭送到监中,留些银两,也尽一尽夫妇道理。"

于成龙闻听,心中暗想:"这妇人提到监牢,必因官司。

请我写字,一定是写再嫁的文书,倒要问个明白。"年老妇人笑嘻嘻地走到外间屋内说:"先生,请您来是为了杭大嫂,杭大嫂的丈夫杭贯遭受不白之冤,被县里定了死罪,家里又没有钱,不但不能送给杭贯饭,连杭大嫂自己糊口也很艰难。我给她说了个人家,叫这大嫂去投生路,你帮忙写张文书,就说杭贯被判死刑,秋后问斩,杭大嫂可以再嫁,用这张文书去换取聘礼,好有钱给她丈夫送饭,留些钱在大牢中使用。"于成龙说:"不知有何冤情,何不写状伸告,哪至说写婚书?"婆子见问,长叹道:"先生要问冤情,是这么回事,杭贯在山上看到一头没有主儿的驴,便牵回家宰了卖肉,谁知县里知道后就把他抓了去,说他犯了人命官司,真是有口难辩。杭大嫂贫穷,每日忍饥,无奈改嫁,求先生写明,自当奉谢。"于成龙不由叹气说:"老妈妈,这位杭奶奶,如今是情愿另嫁,还是伸冤?若是有意鸣冤,现今保定府的于大人在安肃县内,我给她写张状词,去见于大人,包管一告就准。"

于成龙在外边说话,屋里张氏听见了十分高兴,也顾不得抛头露面,走到外边,说道:"我听人说,于大人忠正,善断无头冤事,剪恶扶良。大人到此,夫君免祸,奴家情愿忍饥,但不知青天老爷何日可到?"于成龙说:"今明日必到,放心前去鸣冤。"于成龙言还未毕,媒婆闻听着忙说:"过耳之言,不必信他,快写婚书,别误亲事。虽然救出你丈夫,忍饥挨饿,哪比得上另嫁财翁,吃穿如意?"张氏闻听,粉面通红说:"老妈妈讲话欠通,我丈夫虽然穷,却懂大义识大局,现被害含冤,我怎么能扔得下?若是嫌贫爱富,天理难容,宰驴卖肉,皆因养妻所致,没清官到此则已,于大人既然要到了,少不得要去申冤,救出丈夫,不枉夫妻一场,要是救不出丈夫,我还不如死了算了!"婆子闻听,口呼:"大嫂,此事须要商量明白。"张氏说:"老妈妈请讲。"婆子说:"你要申冤,我难相拦,万一救不出杭贯,再想嫁人,我也不管。"说罢,赌气徜徉而去。张氏说:"先生,只管写状词,这婆子只要说成赚钱,不管人家夫妻情义。"

于成龙闻听,暗夸这妇人虽生在乡间,还算深明大义。他叫张氏将始末缘由,从头至尾说上一遍。张氏说:"先生,春天时我丈夫进山,恰巧遇到一头驴,就赶回家来,杀了卖肉,不料县里却派人将我丈夫锁去,还拿走了驴皮和切肉的刀子,硬叫我丈夫认罪。我丈夫不肯屈招,知县平老爷动怒,又问说:'你既不杀人,为什么有这把尖刀?'丈夫哭诉说:'这不是小人的东西,是里长黄英因买驴肉前来,看见使用旧刀切肉,他就拿走我五斤肉给了我一把新刀。'平老爷提审黄英,黄英拒不承认,反说我丈夫杀人后转移尸体。先生您看这状词应该怎么写啊?"

于成龙心想:"如果按这女子说的,怪不得知县严刑审问,那严三片杀人,倒叫好人认罪!里长黄英以凶器换肉,其中一定有隐情,过几天再去细问。"于成龙想毕,连忙把状词写下,就要告辞起身。张氏再三称谢,说:"多谢先生,可是我没有钱给您,怎么办啊?"于成龙笑了,说:"等你丈夫出来再给我吧。"

第十七回

扮道士智骗赃物
梦鹌鹑巧猜安九

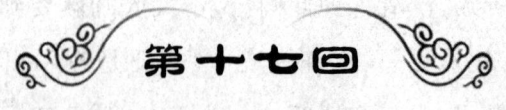

于成龙说:"明天一早,你只管走到府衙前面,包管你丈夫消灾。"说完便站起来走开了。于成龙手敲竹板,不停吆喝:"算卦啦,求财问喜,婚礼选日,还有治病秘方!"正吆喝着,忽然听见有人招呼。于成龙跟着招呼自己的人进了一个草房,刚坐下就听里边有人叫:"童子,端张椅子放在窗外。先生请坐!我有事求您,听说先生能掐会算,还有秘方能治各种怪病,小女子我从春天开始得病,直到现在也没好,总是能看见鬼神,请先生给我算算,或是开个药方,要能治好我的病,我会重谢您的。"

于成龙就问那女子的生辰八字,说道:"丙午年炉中之火,今年计都照命,幸有天月二德解化,惟主夫星不利,因小财勾引,冤魂作耗,所以不得安宁,须得退送灾星,烧些纸钱,才能消灾。幸遇山人到此,不然妙药灵丹难治娘子。趁着今朝,快烧香烛,再迟难保性命。"妇人一听,心里害怕,说:"先生阴阳有准,拙夫因贪小利,山中见尸剥衣,招来冤鬼,此衣又不敢拿去卖,以致每夜鬼叫,还亏胆大,门上悬刀拦挡,吓得我只好向您说明缘故,求解冤退之。"于成龙听说:"得冤鬼银两，不用还他，烧些纸钱，也就是了。若有衣裳行李，倒要烧化，我写好书符，请神给你解冤。"妇人说："此事非轻，关系一家人命！先生须要口紧，莫要传扬。"于成龙说："山人四海云游，不管闲事，必要细问根由，好为你治病。"女子很高兴，说："实不相瞒，那天我丈夫进山，看见了强盗杀害客商，偷走银两行李，撇下尸体。他怕县令追问，牵连地主，就在转移尸体的时候，剥下几件衣服，回家藏在床下，凶刀已换驴肉。不料县令严刑拷打我丈夫，我丈夫就是没招认，把罪名都推给杭贯了，杭贯现在大牢里呢。家里有冤魂作祟，小女子得病，先生要是能治，我情愿多烧衣服和纸钱。"

于成龙闻言，心中寻思："我怀疑里长黄英剥衣转移尸体，果然不错！"于成龙又说："这位娘子，快拿衣服来，山人好退怨鬼。"妇人勉强下床，将衣服取出来，递给于成龙。于成龙看着衣服又说："这位娘子，山人留下三道灵符，你必须依法行事。"

于成龙看着女子，说："头一道灵符，用火烧掉，用水服下，包管你百病消除；第二道灵符贴在门上，冤鬼就会躲得远远的；第三道灵符叫你丈夫带在身边，今天去转移尸体，把它埋在那天客商死的地方。鬼的东西，只要留一点就会有事。"女子给了于成龙一根金钗当作酬劳，于成龙推辞了，离开她家，来到安肃县衙门，三班衙役一齐跪倒迎接。于成龙吩咐他们不要把自己来的消息传出去，衙役们答应了。

安肃县知县平公也出来迎接于成龙，二人到后堂说话。于成龙问平知县："杭贯杀客商的案子，您是怎么审理的？"平知县回答:"卑职审案时,有驴皮作证,犯人当堂招供,东西被人偷去,还没找到赃物。"于成龙微微冷笑说:"你说杭贯已经招认,赃物褡套和钱财又被贼偷走,那就是赃证不全啊。本官觉得还有三个疑点:杭贯既然已经偷来钱财,又怎么会把驴宰了卖肉呢,那不是自己害自己吗?杭贯既然杀人盗财,自然会把这些钱财藏好,怎么会被贼偷走呢?杭贯为什么不使自带的板斧,倒使尖刀杀人呢?这三个疑点不知道平知县注意到了吗?不要误杀了杭贯,放过了真正的杀人犯啊!"平知县一听,大彻大悟似的,跪倒在地说:"卑职粗心!卑职有罪!"

　　于成龙又说:"平知县不要害怕,杀人凶手已被本官抓住,在大牢里等候听审呢。"接着,于成龙找了一个武功高强的捕快,吩咐他:"你明早出城,到山里客商被杀的地方藏起来,如果有人去烧纸,你就把他抓起来送到官府。"捕快领命后去山里了。平知县设宴给于大人接风。

　　于成龙吃完饭,让人把大牢的犯人名册拿来,点着蜡烛仔细察看,唯恐有好人被冤枉。其中一起杀人案吸引了于成龙的注意:"小新庄的章名焕喝酒后到厨房拿东西,和妻子吵了几句嘴,便用刀杀死妻子汤氏,被判死罪关在大牢。"于成龙心想:"章名焕夫妻是有名的恩爱夫妻,虽然酒醉,也不至于把妻子杀死啊?况且在厨房里行凶,没头没脑的,这会不会是一件冤案?汤氏,请你显一显灵吧,如果章名焕是被冤枉的,本官一定会为你申冤。"于成龙想着想着忽然困了,打起盹儿来。似梦非梦间,汤氏冤魂求神仙显灵,于是于成龙梦见有飞禽从天上落下,掉在自己面前,竟然是九个鹌鹑!只见第一个嘴里含着标枪,点着头鸣叫,等于成龙把九个鹌鹑挨个看清楚了,忽然这九个鹌鹑又飞上了天。于成龙从梦中惊醒,对着蜡烛发怔。想了好久,于成龙猛然醒悟,心想:"九个鹌鹑就是安九的意思啊!看来是安九杀了汤氏,此人一定姓安,九应该是他的排行。鹌鹑嘴里的标枪又代表什么呢?用标枪的应该是猎户,那就是说凶手应该是一个叫安九的猎户!明天我要将这个案子清查到底。"

于成龙开始查看安肃县猎户的姓名册,册上第四名就是安九。于成龙心里欢喜,清晨就击鼓升堂,传章名焕上堂听审。

于成龙对章名焕说:"犯人,告诉本官你为什么杀死妻子?"章名焕眼圈一红,说:"大人,在下是个读书人,没做过坏事啊。那天傍晚,我的妻子去厨房点蜡烛,就一直没回来,我去厨房看时,发现妻子已经被人杀死,簪子、耳环等首饰全都不见了,还丢了一把银壶。官府非说是我杀死了妻子,就这样我被屈打成招,含冤认罪。请青天大老爷为我申冤啊。"于成龙问平知县:"这宗人命官司是你审的吗?"平知县回答:"大人,这个案子有凶器,又有邻居作证,所以很快就结案了,粗心之处求大人开恩。"

于成龙又问章名焕:"你家附近有姓秦或姓安的吗?"章名焕说:"我家右边有一个姓安的,他是个猎户。"于成龙立刻派人传安九:"你就说本官要去打围,如敢违命,要他小命!"一会儿安九就被带到了。他在堂下偷看堂上,见于大人铁面无私,眼神肃穆。正看着,听得于大人拍着惊堂木大骂:"恶贼安九,你为什么杀人?冤魂已经告你的状了,你快招了吧!"猎户奸诈,不停地磕头说:"青天大老爷,冤枉啊!小人平时安分守法,怎么敢杀人呢?"于成龙怒气冲冲地说:"本官知道你不会轻易招供的。来人,给安九用刑!"安九连忙大喊:"大人,不能随便用刑啊,小人只会杀野兽,抓鹿和兔子,从来不会杀人,你没有证据,难以服众。"于成龙见安九不招,想出一条计策,说:"恶贼,你还挺能言善辩的,要证据还不容易!你等我把证据拿来,叫你心服口服。"又听衙门前有喊冤之声,于成龙让人把喊冤的女子带上堂。

此人就是卞家村的张氏。张氏跪在堂前,认出于成龙就是写状的先生,才知道大人曾经微服私访,便交上状纸说:"大人,冤枉啊!"于成龙把状纸交给平知县,他这才知道于成龙已在卞家村暗访过。于成龙问:"张氏,你丈夫的冤屈,本官都知道了,你先回去等候消息,到时候会放了你丈夫的。"张氏听到这番话十分高兴,回家去了。

于成龙又叫人把里长黄英传来,黄英一见于成龙的威风,吓得浑身发抖。于成龙问黄英:"你为什么剥衣转移尸体,栽赃给杭贯?"黄英嘴硬,死不承认。于成龙说:"不用你耍赖,你妻子都已经招了!"黄英一听就像被人打了一闷棍,无话可说,只是不停地抱怨妻子,不该找算命先生。万般无奈只能签字画押。平知县心中忐忑不安:"这次粗心大意,会不会影响我的政绩啊。"

画押之后,于成龙叫黄英到公案前,在耳边小声地说了几句。黄英听完,竟然高兴得离开公堂,走了,于成龙等候回音。

黄英到了山下的卞家村,找到安九家,他的妻子单凤英疑惑地问:"你来这有什么事?你哥被县里传去当差了,至今还没回家。"黄英故意着急摆手说:"进屋说话,出大事了。"单氏忙关上门,同黄英往里走。里长黄英说:"嫂子,我在途中遇见安九,他说上次杀人的事情被官府知道了,于大人在审这个案子,安九叮嘱我,不论受多少刑都不能招认,就怕衙役来搜家,叫我前来报信,让你快把那些东西藏起来。"单氏胆小怕事,慌张地说:"你哥愚蠢无能,把东西盛在箱中埋在水缸下面了。"黄英说:"把那壶也埋在一起吧。"单氏说:"首饰埋在水缸下,今天水缸很满,衙役未必能挪动。那把银壶在箱子里,麻烦你把它带到荒郊野外扔了吧。"黄英说:"嫂子的话很有道理。"黄英把银壶揣在腰中,辞别单氏走出村。到了县衙把银壶交给于成龙,详细说了窝藏赃物的地点。于成龙一听,满心欢喜,派人去到安九家中把赃物带回来。

安九又被带到公堂上,于成龙意气风发地说:"安九,你说本官没有证据冤枉你了,本官问你,这些首饰为什么埋在你家水缸下,你妻子为什么叫黄英将这银壶带到荒郊野外扔了?"安九知道妻子中计了,便哑口无言,只得认罪画押。于成龙抛下刑签:"将安九重打四十大板,投入大牢,秋后处决。"又宣布了对黄英和杭贯的判罚:"黄英剥衣转移尸体,诬赖好人,本应当发配边疆充军,念在他找回赃物立了功,就打他三十大板,关入大牢三个月;杭贯贪图蝇头小利以致遭受

95

冤屈，昧着良心杀别人的驴，本应处罚，但念在你已经含冤被关了一段时间，就不追究你了，当堂释放，回家去吧。"杭贯满心欢喜，给于大人磕了好几个响头，转身回家去了。于成龙又派人把从安九家中取回来的首饰交还给章名焕。平知县因办案不力被摘了乌纱帽。于成龙处理完这些案子，要了一头毛驴，带着仆人求真，离开了安肃县城，继续私访。

于公案

　　于成龙在书房中休息,不知不觉入睡,梦见神仙显灵,以九只鹌鹑暗示凶手。

第十八回
风流太岁抢佳人
齐秀才救妻落难

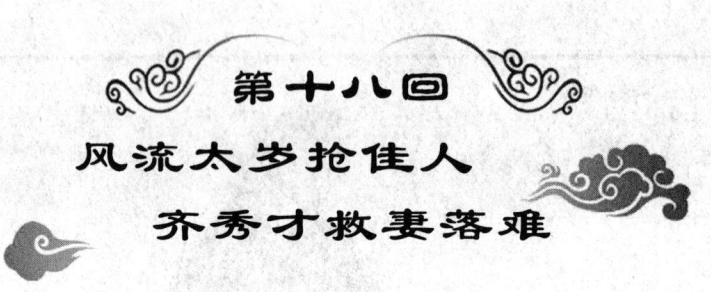

定兴城东边的康家庄有一个叫孟度的员外,是当地的首富,常欺负百姓,调戏良家妇女。有人被他欺压到官府告他,他就用钱贿赂官府,所以官府不会审问他,倒打告状人一顿板子,反说诬告好人,还要收监问罪,因此没有人敢惹孟员外。于是百姓给他起了个混名,叫"风流太岁"。见无人敢惹,"风流太岁"愈加横行霸道。在街上见个美色女子,他就让家仆抢回家来,硬纳为妾。受害的人家都知道他势大钱多,根本告不倒他,也就忍气吞声了。

清明佳节那天,"风流太岁"孟员外带着家仆闲逛解闷,骑着骏马到郊外游春看景。清明时祭扫上坟的人很多,男男女女往来穿梭。孟员外最爱美色,半天都没看见一个,心中十分不高兴,暗暗想:"为什么这些女人之中,竟没有一个美貌出色的女子?想是无缘,所以没遇上,不如先回家,明天换个地方寻找,或者能遇上一两个呢。"

于是孟员外带着众人从大道旁边的一条岔路往家走,经过一座坟园,无意中看见园中坐着夫妇二人,正在开怀畅饮。孟员外看那女子体态轻盈,便勒住马缰,留神细看,果然十分俊俏,貌似天仙,虽然穿着粗布衣裳,梳妆雅淡,但是那种风韵令人着迷。孟员外马上如痴似醉,两只眼睛盯着她就不动了,因此惊动了园中的女子。这个女子叫时香兰,生有沉鱼落雁之容,闭月羞花之貌,而且性格娴静平和,端庄典雅,她夫妇二人感情十分好,相敬如宾。她的丈夫是个秀才,叫齐京,今年二十四岁,出身于官宦之家,祖父在世时曾做过礼部郎中。

时香兰正与丈夫开怀饮酒,抬头看见了孟员外,长得兔子脑袋土蛇眼,留着几根狗尾巴似的胡须,穿着华丽的衣服,带着十几个家人,骑着骏马,站在那里呆呆地盯着自己。时香兰一看就知道他肯定不是好东西,便说:"夫君,太阳快落山了,咱们该收拾东西回家了。"于是齐京把酒壶和酒杯收拾起来,叫书童背着,同妻子出了坟园,主仆三人朝南走了。孟员外一见时香兰走了,心下着急,马上催马追赶夫妻俩。

孟员外正要追时香兰,他的手下贡济凑到孟员外跟前,为好色的主人献计说:"那个男的叫齐京,那女子一定是他妻子,员外如果喜爱她,就先和齐京讲好话,如果他不答应,员外再硬抢他的妻子,不怕她不从!只要这么办,包管你把美人儿弄到手。"孟员外欢喜地说:"这个主意不错,事儿要是成了,我会重重有赏。"说完,领着家人追上齐秀才夫妻。

孟员外先作了个揖,开口说:"齐兄,好久不见,你到哪儿去啊?"齐京是读书人,听见他以兄弟相称,不好意思不理会,便转身答话,时香兰和书童躲到了松树林里。孟员外跳下马,又作了个揖,说:"小弟久闻齐兄大名,今天碰上了真是我三生有幸啊。在下正有一件小事要到您府上商量,没想到在途中就遇上了,真是巧啊。"齐京还礼回答说:"不知兄台尊姓大名,家住哪里,找在下有什么事情啊?"孟员外满脸堆笑说:"齐兄,小弟名叫孟度,家住定兴城康家庄,家有银两和土地,被称为员外,受人尊敬。我女儿聪明乖巧,我想让她读书识字,打算请个老师。我听说您妻子很有学问,又擅长女工,我想请她教我女儿,不知齐兄同不同意?"齐京听他这么一说,生气地说:"员外不要胡闹了,我妻子根本不识字,怎么能教您女儿呢?对不住员外了。"说完就想走,孟员外心里不高兴,拉住齐京说:"你先别走,咱俩再商量商量。"贡济见主人拉住齐京,赶紧望着众仆人说:"趁员外拉着他,咱们赶紧去松树林中抢那女子,驮在马上,一个小书童肯定拦不住咱们!"

于是众人一起奔着松林去了,像一群野狼一样,上前就把时香兰绑上了,时香兰斗不过他们,只能不停地骂这帮奴才,呼喊丈夫救命,书童吓得哇哇大哭,恶奴才背起时香兰抄小路往康家庄跑了。

孟员外一见,高兴极了,撒手放了齐京,上马追赶家仆去了。

齐京眼见众奴才进了松树林把妻子抢走,书童在一边大哭,气得跺脚捶胸,大声哭喊:"香兰,你这个忠贞节烈的女子,一定不肯失身,别气急了寻了短见啊!我要把你个孟员外告到官府!"

齐京带着书童,从小路奔康家庄追赶,边走边哭,边哭边骂，着急地嫌两只脚不够用。迎面来了一个老头儿，齐京一不小心撞上了他，老头儿倒在地上，大怒道："你这年轻人是何道理，怎么这么冒失莽撞？"齐京连忙赔罪，就把妻子被人抢走，自己要去鸣冤的话告诉了老头儿。于是老头儿劝齐京说："你有所不知，这孟度一直这样横行霸道啊，听我老头儿一回劝，你还是别告了，小心自己的身家性命。"说完就走了。

齐京听了老头儿的话，气得脸色发紫，心想："我不告状了也得赶到他家，跟他讲理，晓之以理，动之以情，或许他就发了同情心，放出我妻子，如果他不听我的话，那时再把他告到官府也不晚。"打定主意后，齐京带领书童去找康家庄。

"风流太岁"孟员外赶上家仆后，见到被绑在马背上的时香兰，满心欢喜，从西门回到了康家庄，在大门处下了马，叫家人把时氏放在院内。孟度坐在大厅传丫鬟："将美人儿扶到后面，预备花烛酒宴，今夜我要与她拜堂成亲入洞房。"家仆答应，散去各忙各的，孟员外赏了贡济二十两银子，帮忙抢来时香兰的家仆每人五两银子，贡济等仆人一起谢过主人，喜气洋洋地下去了。丫鬟们一齐来到前厅把时香兰搀扶进后院楼上。时香兰坐在床上默默落泪，心中暗想："没想到我和丈夫九年恩恩爱爱，这一下就分别了，恶贼送我上楼，今晚一定要拜堂成亲，我时香兰是个忠贞女子，怎么能一女侍二夫呢？看来只有寻死这一条路了！"想到这儿，时香兰不由得出声痛哭，丫鬟们在旁边劝说。

齐京找到了康家庄，就叫书童回去看家了，然后自己整理了一下衣衫，走到孟府大门口。贡济正在门前，看见齐京一脸怒气地往门口走,就知道来者不善,下台赔着笑说:"齐秀才,请稍等一会儿,我进去向员外通报一声。"不一会儿他就出来了,说:"员外在二门恭候您大驾,请齐秀才进大厅相见。"齐京听这一番话,觉得有些希望了,便跟奴才贡济来到二门。孟员外正在二门那等着齐京,一见齐京便鞠躬谢罪说:"齐兄,刚才小弟行事粗鲁了,还望齐兄多包涵。都是因为小弟的一片爱慕之心啊,请齐兄到前厅说话。"

二人到前厅分宾主落座,家仆端上茶水点心,孟员外带笑说:"齐兄,不是小弟粗鲁,只是因为久仰时香兰的大名,正想派人去请,却巧遇您夫妻二人。我原本就想邀请齐兄到我家来坐坐,无奈您执意不肯,所以小弟才抢嫂子来这,请齐兄不要记恨小弟啊。嫂子现在在后房,正与我女儿喝茶聊天。现在天黑下来了,你们就在我家住一晚吧,明天我让手下用轿子把你们抬回去。"孟员外又吩咐家人摆上酒菜,请齐京喝酒。

齐京看孟员外这样盛情,心想只要送回妻子,住一晚也没有什么关系。孟员外开始劝齐京喝酒,喝到了深夜,齐京醉了,被扶到书房睡下。

孟员外把贡济叫到跟前,说:"有件事只有你能办了,你到书房把齐京杀死,我就赏你金元宝一个,你办完之后将尸体埋葬在后院,小心一点,千万别让别人知道。今夜先不成亲了,等你杀了齐京之后,我再与美人儿拜堂,我还在这儿等你回信。"贡济答应下来,接过来一把尖刀。到了三更时候,贡济悄悄往书房走去。谁知,惊动了一位正在空中巡游的神仙,看见恶奴手里提着一把尖刀朝书房走去,夜游神气愤地说:"孟度这个恶贼做了这么多坏事,死在眼前了还敢派人行凶?齐京将来还得中状元呢,本仙要是不去救他,那状元不就白送了性命吗?"夜游神收起云彩,落到书房门外,大喊一声:"站住!你这恶贼!"

贡济正往里走,忽然看见对面金光闪耀,吓得魂飞魄散,"咣当"一声尖刀掉到地上。夜游神举起金筒棍,朝贡济头上打去,贡济当场毙命。

齐京正在睡梦之中,忽然听外面有响声,睁眼看见一道金光,还有人说话的声音,不由得吓了一跳。等到天亮了,他才壮着胆子走出房外,看见院子里躺着一个死人,头骨粉碎,尸体旁边有一把尖刀,就知道是孟度派人来杀自己,连忙向空中磕头,叩谢神仙保佑。

孟员外等到天亮,还不见贡济回来交差,心里猜疑,又叫心腹去查看。那人到书房院里,看见了贡济的尸体,大吃一惊,又看见齐京正在那里叩谢天地,立刻上前抓住齐京说:"好个大胆的齐京,员外留你在家过夜,你却打死贡济!走,跟我去见员外!"于是把齐京抓到前厅。孟员外不知道是神仙显灵,只猜测是贡济行凶不成,反被齐京打死。孟员外顿时大怒,吩咐家人把齐京送到县衙。并送给县令三百两银子,叫他严刑审问。齐京在县衙叫天天不应,叫地地不灵,被屈打成招,投入大牢等候问斩。村民们都为他感到不平。

孟员外知道齐京被判死刑后,满心欢喜,吩咐家仆在后院预备花烛酒宴,好与时香兰成亲。等到黄昏时候,孟员外穿上一身红色新郎服,喜笑颜开地来到新房,丫鬟们对时香兰说:"员外爷来了!您准备一下吧!"时氏此时求生不得求死不能,正在房中伤心,忽然听到孟员外来到,心中暗说:"不好,这恶贼今夜来我房里,一定是要和我同房,我一个弱女子,可怎么办啊?齐郎也不知道在哪里,为什么现在还不来救我?"正在害怕的时候,孟员外面带淫笑地走进房来。

　　孟员外摆上喜酒,丫鬟上前搀扶时香兰,时香兰望着孟员外说:"你为什么要强抢有夫之妇?你就不怕被青天追查?小心罪有应得,获牢狱之灾。我虽是普通人家的媳妇,但是一样忠贞节烈,我丈夫是个秀才,我家是诗书世家,我怎么能再嫁给你,让自己失节呢?"孟员外听完,微微冷笑说:"美人儿不用伤心,在我这里吃的是山珍海味,穿的是绫罗绸缎,金银首饰随你挑,想住哪屋随你选,下有丫鬟家仆伺候着,哪一点不比在穷酸秀才家强?"孟员外说着伸手来拉时香兰,想强迫她从了自己。时香兰哪里能抵抗得了孟员外,心里一横就要寻死。于是用手掀翻酒席,"哗啦"一声杯碗盘勺掉了一地,时香兰拿起地上的一块破瓷片,往脖子上用力一横,血顿时流出来,时香兰一头倒在地上。丫鬟连忙一齐上前扶起她,孟员外一下就愣住了。

　　丫鬟说:"员外,不用惊慌,我们会照顾好姨娘的,我看今天是不能成亲了,您先回房去吧。"孟员外只得下楼去了。

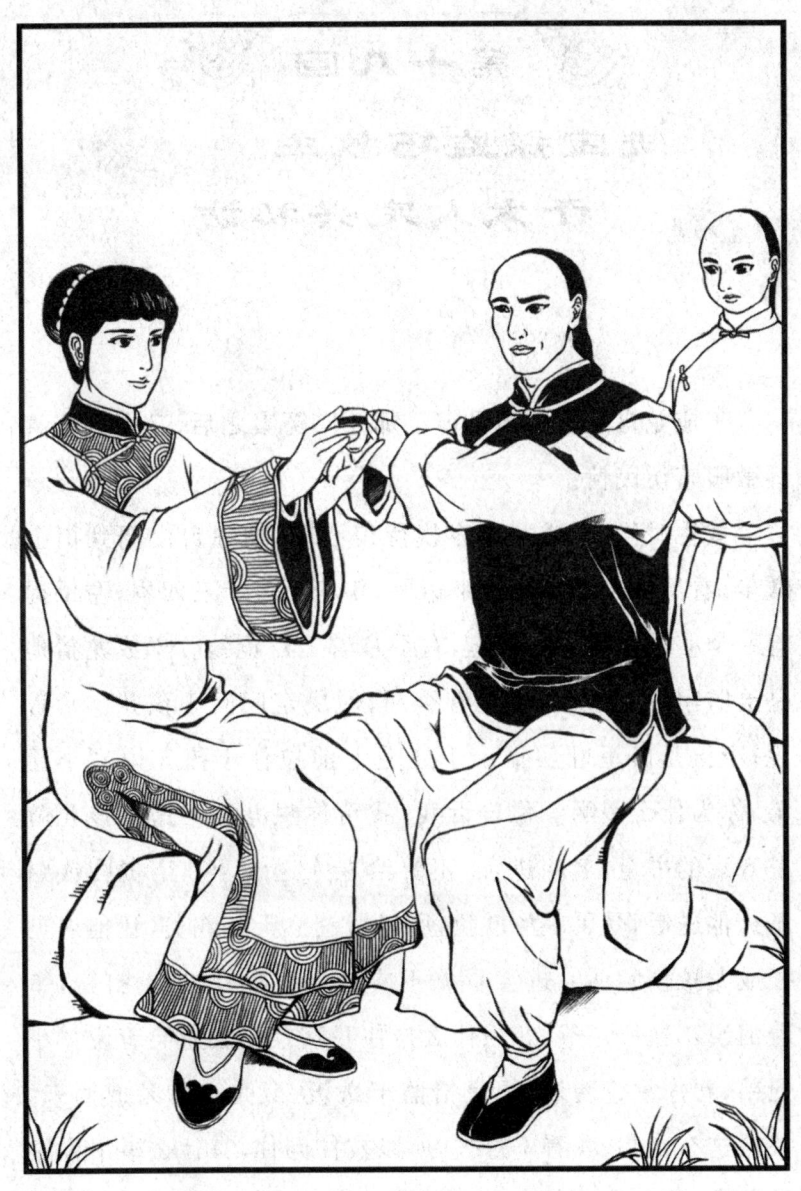

清明时节,齐京和时香兰夫妻二人在野外踏青饮酒,不料遇上了色迷心窍的孟员外。

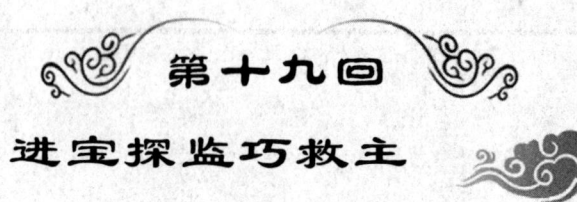

第十九回
进宝探监巧救主
于大人定兴私访

于成龙自从在安肃县审了那几宗冤案之后,又来到定兴县微服暗访民情。

黄昏时候,于成龙在客栈待得心烦,便独自出门到街上散步,看见一个小孩儿边走边哭,年纪不过十三四岁,左手提着一个盛着饭菜的小竹篮,右手拿着二百铜钱。于成龙猜他是给监牢中人送饭,一定有委屈,便决定问问小孩儿。常言说,小孩儿口里吐实话。于成龙上前拉住小孩儿说:"小兄弟,你为什么哭啊?你告诉我,我帮你想办法。"这小孩儿就是齐京的书童,名叫进宝,正要给主人送饭。狱卒贪图钱财不让他送饭,受了一场欺负,所以哭泣。天公作美,让他遇见于成龙拉住问话。进宝看见于成龙仪表堂堂,道士打扮,带着泪说:"这位老爷,您为什么拉住我啊?"于成龙笑着说:"小兄弟,看你拿着碗篮,想是给监牢送饭,或是去看亲戚回来,哭得这么伤心,我看不过去,所以拉住问你,有什么事情你说给我听,我包管给你出主意。"进宝回答说:"老爷,我主人被冤屈,现在在南牢,昨天整整一天没吃饭了,我今早来监牢给他送饭,不料狱卒偏不让我送饭,反将我一顿欺负,想是他得了孟员外的钱财,我家主人要没命了啊。"

于成龙听完,带笑问:"小兄弟你叫什么名字啊?"进宝回答:"我叫进宝,今年十三岁。"于成龙又说:"孩子,别哭了,此处不方便讲话,你和我到衙门后边地藏庵庙的门口,你把这个案子的来龙去脉好好给我讲一讲,我会帮忙救你主人出来。"进宝说:"是!老爷您尊姓大名?从哪里来啊?有什么方法救我家主人?"于成龙回答:"咱们快走,我一会儿就告诉你。"进宝便跟于成龙来到地藏庵庙门口坐下。

进宝便把时香兰如何被孟员外抢走,齐京如何去孟府搭救反被诬陷的事情讲了一遍。于成龙又问:"你家夫人平时去寺庙上香、去外边看戏吗?"进宝说:"老爷,我家夫人平时大门不出二门不迈,整天坐在房内做针线活,不轻易大声说话,对下人更是温和。这回被孟度抢去,一定会受皮肉之苦,或者被杀死。"进宝说完,又问,"老爷到底姓什么?从哪里来?果真有办法救出我家主人吗?"于成龙点点头,随口撒谎说:"我是京城万岁爷派下来的,姓于,名叫千钩,这件事不许走漏风声。你先回家,我去见知县,三天内一定给你回信儿。你家夫人娘家姓什么?"进宝回答:"我家夫人姓时,名叫香兰,娘家没有亲人了。于老爷,您既然是万岁爷派来的,就求求您一定要救我主人出来啊。"于成龙答应,起身分手各自前行。

于成龙边走边生气,回到客栈中,叫客栈主人前来收拾个上好的屋子,放张桌椅,说是要请贵客来谈宗买卖。客栈主人说:"要是谈买卖,不能用上房,那是给县衙房师爷预留的。"于成龙一听，顿时恼怒："你这店家也太欺负人，宁可让屋子空着，也不借给我会客？这样无礼，这么怕一个县衙师爷，莫非我就好欺负吗？况且我还给你二百文钱房费，哪有这样做买卖的，小心我把你送到官府。"

客栈主人也恼了，说道："你别讲梦话了，你也就是和我一样的人，不用在这里瞎显摆，吓唬谁呢？就是不给你上房，要住就住，不住滚蛋，我的店不稀罕你的钱。"于成龙气得脸色发青，正要吵嚷，刑房进到客栈，客栈主人见刑房进来，觉得有人撑腰了越来越气壮，把于成龙借上房的事向刑房说了一遍。刑房说："借间屋子会客要多大功夫？借给他就是了。请问贵客您尊姓大名？从哪里来？来这里做什么？要见什么人？我就是本县知县屠老爷手下的刑房，叫臧清。"于成龙赔笑说："臧兄，在下姓于，从保定来，在这儿已经住了两三天了，要借上房见贵县屠知县。"刑房听说是会屠知县，又问道："贵客与我们屠知县是亲戚还是朋友？既然认识，为什么不去衙门里住？"于成龙回答："在下原来是要去的，但因为没有人通报，我等得不耐烦了，便想借上房歇一会儿，还想请客栈主人替我通报一声，谁料他反倒和我厉害起来。既然你来了，那就请你去通告一声，如果屠知县不理，你就把这件东西带去给屠老爷看，他一定会前来见我的。"说着，掏出一件东西。刑房接过来打开一看，原来是张龙票！上面盖有御玺，两边印着五爪金龙，刑房看见吓了一大跳，才知道这人就是抚院大人，立刻送还龙票，跪倒在地上，磕了个响头。客栈主人顿时吓得浑身发抖。刑房说："小人有眼不识泰山，罪该万死!"客栈主人也不停地连磕响头,全店人都害怕得躲开了。

于成龙捻着胡须说:"店家,你十分可恶,你说我和你是一样的人,又说只尊敬师爷刑房,这会儿连刑房都跪在这儿了,一会儿你的县官见了我,估计也要跪上几跪!念你无知,本官就饶了你,你快去收拾上房去吧!"客栈主人连忙磕头答应,再也不敢和于成龙厉害了!客栈主人跑去上房打扫,把家里铺炕的毡子抱来铺上,解下佛桌的桌布,铺在桌上,让于成龙进去坐下,刑房端茶伺候着。于成龙吩咐:"刑房,你赶快去给知县送个信儿,不用伺候本官了,本官有事要办。"臧清答应,跑出客栈。知县听说于大人坐在店中等候,立即骑上马,带着三班衙役,抬着顶轿子,来到客栈。于成龙立刻出店上轿,衙役鸣锣开道到了县衙。于成龙到了县衙便击鼓升堂,传孟员外和时香兰上堂听审。屠知县站在一旁,胆战心惊,心想:"这个案子我曾得了三百两银子,恐怕会被查出来啊。"

第二十回
于成龙堂审色棍
时香兰夫妻团圆

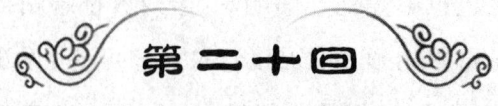

孟员外见时香兰伤势渐渐好了，又进到时香兰房中想和她成亲，派人摆下酒席，说是这回一定要与美人儿寻欢作乐。孟员外把时香兰抱到床上，转身自己坐在床上。时香兰面向里边落泪。孟员外笑吟吟地说："娘子，前几天都怪我鲁莽，今天特来给娘子赔罪，劝你还是别哭了，多煞风景啊。"丫鬟把酒摆上，这一次丫鬟们处处留心，唯恐时香兰又寻短见。孟员外见酒席摆齐，亲自斟酒，走到时氏跟前，开口说："美人儿请喝酒，前次得罪了，请多包涵。你丈夫穷酸，家里贫穷，吃穿都不好，哪能像在我家一样生活得快快乐乐呢？骡马成群，良田千顷，丫鬟仆人，珍珠玛瑙珊瑚，绫罗绸缎，样样都有。你要是嫁给我，我的家业就给你掌管，所有下人小妾都由你使唤。如果敢有人欺负你，我一定收拾他！我对你这么好，是不是比那穷酸秀才强百倍啊。"说着就伸手拉时香兰。

时香兰用手使劲儿一推，"咣当"一声酒杯落在地上。孟员外强把怒火忍住，还是满面含笑说："美人儿，我说的都是金玉良言，只因我喜爱你的花容月貌，才这样低声下气地哄你，你要是再任性，我可就不惯着你了。还没有人敢不从我的。你就别费心思守贞节了,都是白费。"

时香兰转过身来指着孟员外就骂:"光天化日之下,你敢抢有夫之妇,威逼妇道人家,上天难容!你迟早会遭报应的,远在儿孙,近了就是你自己!你家的富贵我一点都不稀罕!我死都不怕,还能怕你从你?我时香兰生前不能逃出你的掌心,死后也要报仇!"说完举起酒坛,照着孟员外的脑袋打来。孟员外一闪就躲过去了,骂道:"你别敬酒不吃吃罚酒!胆大包天敢害我!来人!把她衣服给我脱了!"丫鬟一齐上去动手给时香兰剥衣解扣。时氏正在急难之时,忽然听房外有响声,一个丫鬟跑进来,气喘吁吁地说:"员外,知县派人来请你去一趟,说是有机密的事儿商量。"孟员外只能无奈地放开时氏,说:"你们小心地看着她,要是没看好出了什么闪失,我回来就要你们的命!"丫鬟们连声回答:"知道了,员外。"孟员外迈步出房,来到前厅。

孟员外看见前厅有许多捕快,面带笑容说:"请问屠知县叫我去,是为了什么事情啊?"一个捕快说:"员外,知县派我们来,就说有要紧事,我们也不知道因为什么事。"说着,冷不防用锁链套住孟员外,拉起就走。捕快崔标吩咐:"速到后院把齐秀才的妻子找到,你我好回衙门交差!"不一会儿,捕快就找到了时香兰,带着她和孟员外一起回衙门。这惊动了康家庄的男女老少,大家都出来看热闹。

捕快崔标带着二人到公堂回话。于成龙在座上瞧那时香兰,娥眉杏眼,雅淡梳妆,没搽脂粉,还带着泪痕,脖子上有一道伤疤。这时候时香兰开口说:"青天大老爷在上,请听民妇细讲。"就眼含热泪,把孟员外怎样强抢自己的经过说了一遍。接着又哭道:"可恶可恨的孟度,抢夺有夫之妇,想要图谋不轨,小女子的丈夫也被他暗害,关进衙门,判成死罪,求大人救命,审问那恶棍孟度!"

于成龙听完时香兰的叙述,看那恶棍孟度,长得一脸凶相,举止粗暴,便一拍惊堂木,大骂道:"恶棍,你抢夺有夫之妇,威逼妇女,论罪当死!本官已经查实,又有时氏作证,你快招了吧,免得遭受皮肉之苦。"孟员外心里盘算:"现今赃证人证都有了,于大人又铁面无私,不讲人情,如果不实招,一定会被用刑,还不如如实招供,免得挨打啊。"于是,孟员外说:"大人,小人愿意招供,只求大人开恩,饶恕小的一时糊涂。"说完便签字画押。

于成龙看着画押的孟员外,骂道:"恶棍,你光天化日之下敢打人抢人,拉下去重打四十大板!"衙役照办,打得孟员外皮开肉绽。于成龙当堂宣判:"孟度强抢民妇,依法问斩;时氏死守贞节值得敬佩,齐京含冤入狱,立刻将秀才衣帽还给齐京,当堂释放回家;贡济帮助恶人行凶,已遭天谴,就不追究了;屠知县贪财枉法,革去知县一职。其余一干人等,当堂释放。"几日后,于成龙监斩了孟度,把县印交给了新来的知县,把公事交代清楚,于成龙便收拾行李,返回保定府了。

第二十一回
冯素英邀约赠银
封公子泄密杜园

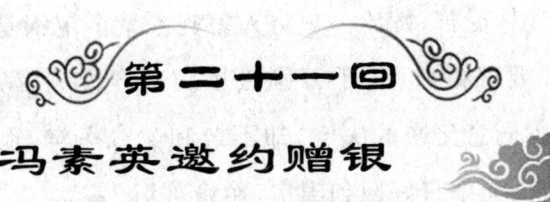

东安县内一个大官的后人，叫封真，今年十八岁，才貌双全。他父亲封章曾做过青州府知府，后告老还乡，与本地乡宦冯春结成儿女亲家。封章去世后，家业萧条，仆人都散了，日子过得很艰难，封夫人谈氏与公子封真娘俩相依为命，老夫人纺线织麻，供封真读书，每日在他父亲的同窗杜作楫家里，和他的儿子一起读书。封真去过冯家几次，后来因家道贫寒，就不好意思再去了。

冯春原本是小气的人，嫌贫爱富，妻子早已身亡，留有一女，名叫冯素英，生性安静娴雅，会读书识字。因封府贫寒没钱完婚，心知父亲早就有意悔婚，冯小姐整天忧愁满面。这天，她又不由得长叹一声，丫鬟秋葵正走进房内，看着小姐说："老爷叫我来请小姐，老爷现在在房里等着呢，说是有话跟你商量。"小姐出房来拜见父亲，问："父亲找女儿有什么事情啊？"冯老爷说："女儿你聪明伶俐，我有件大事拿不定主意，想听听你的意见。封家现在很贫困，没钱娶你过门，就算过门了也少吃少穿，我看咱们不如另找个好人家定亲，封家如果争论，我和东安县令很熟，肯定不会叫他们得逞的。我怎么能让你受苦,嫁给一户穷人家呢?紫金宝镯是咱家传家之宝,你要好好收藏,千万别丢了。"冯春说完,冯小姐没答话。她不同意父亲的决定,却不敢和父亲争辩,也不好意思开这个口,无奈只好回到闺房,偷偷落泪。

冯春和女儿说完,就立刻派人去催封府行茶过礼准备来迎亲。封家母子糊口都很难,哪有钱完婚啊?冯春见封家没有动静,又与知县很熟,于是放心大胆地打听起富豪人家来。

冯小姐见父亲有心悔婚,不顾仁义道德,整天找媒人打听富豪人家,心里十分着急,唯恐父亲把自己许配给别人,这不是不守妇道吗?虽然冯小姐没和封公子见过面,幸好丫鬟秋葵到过他家,于是冯小姐决定将封公子偷偷约到花园相会,赠给他金银珠宝,催他早日完婚,就不怕父亲悔婚了。

冯小姐主意已定,便把秋葵叫到跟前,让她快去送信。丫鬟秋葵答应了,趁着冯春不在家,出了花园后门,来到封公子家中,偏偏又遇上封真在杜家读书还没回来。谈氏认得秋葵,让她进屋坐下,说:"秋葵有半年没到我家来了吧,今天前来有什么事情啊?"秋葵说:"夫人,奴婢来这儿是替我家小姐传话。以前两家门当户对,定下亲事,不料如今一家富有,一家贫穷。我家老爷嫌贫爱富,说您府上穷苦,拿不出完婚的钱,再等你家一个月,要是一个月后你家还不过茶行礼,老爷就要悔婚,另选女婿了。就算你家上县衙告状,老爷和府县各官都是朋友,也不会让你家胜诉的。我家小姐贤惠,偷偷派我来送信儿。本月十三日黄昏时候,请封公子到我家花园相会,赠与金银,用作过礼之用。千万要小心,别走漏了风声,求夫人一定要转告公子。"说完告辞走了。老夫人送走秋葵,越想越欢喜。等封公子回家,老夫人就把秋葵的话讲了一遍。公子说:"母亲,怪不得冯家屡次派人催促完婚,原来是这个缘故,十三日黄昏我一定会去。"谈氏说:"儿子,你还年轻,我又是妇道人家,拿不出主意,你把这件事和你的好朋友商量一下再行动。能去就去,不可去就不要去。"封真连声答应。

第二天,封真又到杜家读书。他把杜园当作知心好友,将这事和他讲了,问他的意见。杜园听完心中暗喜,说:"封兄,按照你的意思,你是去还是不去?"封真说:"小弟我还年轻,拿不定主意,所以才来向您领教。"杜园故意想了一想,假意着慌,面上变色说:"封兄,依我看来,冯家丫鬟并不是小姐指使的,一定是你岳父派人来骗你的。他有心将女儿另嫁,又怕你告状,所以假称冯小姐暗赠金银,把你哄到花园,半夜三更时候,没有人知道,不是一刀,就是一棍,把你了结了,好将女儿另嫁。况且按照律法,夜里进入人家,非奸即盗,当时打死都不算什么!还有一个可疑的地方:昨天既然是丫鬟来你家了,为什么这回不将金银财物直接送到你家,何必又叫你半夜去取?所以我认为,这一定是冯春的诡计,封兄千万不能轻信啊,小心惹祸上身。"封公子一听,不由得害怕起来,说:"杜兄讲得很有道理。"回家后封真把杜园的话详细地告诉了母亲。

杜园用这些话骗过封真,打发封真回家后,心里高兴极了:"明天天黑,我就假称是封真,到冯府花园去会冯小姐!

他们二人也没见过面,真假难分,如果能和小姐缠绵,又可骗取金银珠宝,那多美啊!"恶贼杜园拿定主意。第二天就是十三日,杜园好不容易盼到天晚,月亮跃上了枝头,如同白昼。杜园仔细打扮一番,便跑去冯家花园。丫鬟秋葵正在后门里等候,望见一个人飞跑过来,忘记分辨真假就转身跑进香闺去请小姐。

冯小姐听说封公子到了,连声叹气说:"真是好事多磨啊,真不凑巧,方才奶娘来说,老爷还没睡呢,怕老爷到花园散步,又怕老爷突然来请,我就不去花园了,你把这一包金银和一对儿紫金镯快去送给封公子,叫他早些行礼,不要推迟,你快去快回,要是被人知道了,就闯大祸了!"丫鬟答应,迈步出房,手拿金银和紫金镯,飞快跑到花园。那书生在明月之下,躲躲藏藏。秋葵叫声:"姑爷快接着金银珠宝,还有一些秘密话要告诉你。"杜园一听这才出来接东西。秋葵一下就瞧出了破绽,心想:"封真是个白面书生,这是个有胡须的丑汉!"丫鬟心惊马上就跑,杜园一把拉住秋葵的衣服。秋葵刚要喊叫,杜园一着急,猫腰从地上拾起半块砖头,照秋葵就是几下,丫鬟马上就没命了。

杜园见秋葵已经死了,从地下拾起银包,刚要去找金镯,听见花亭后有人走过来,连忙转身跑出花园,回家去了。原来是冯春带领书童睡觉前察看门户,经过花亭。月色之下,看见地下有一个人横躺着,主仆害怕,仔细查看,原来是丫鬟秋葵,地上还有半块砖头。冯春说:"这事诧异,是谁到花园行凶?"他马上发动全府仆人,打灯笼一起搜查。冯春找到一副金镯,吓了一跳,顿时气得脸色大变,吩咐家人看好尸体,自己拿着金镯,来到小姐闺房。冯小姐大吃一惊,刚要问话,他父亲便气急喊道:"好你个还没出闺的丫头,偷偷派秋葵做什么事了?害得她被人打死,宝镯掉到花园,快还我传家之宝!"小姐一听吓得浑身发冷,心想:"不料封真如此可恶,竟然打死秋葵!父亲要金镯,我哪里能拿得出啊?"冯小姐为难得泪如雨下。冯春冷笑道:"不知羞耻的丫头!任性胡来,料你是把封真私约到花园,封真对秋葵动手动脚,又贪财行凶,明天我就到县衙告状,判封真个死罪。你如果心里无愧,为什么低头不说话?"冯春训完女儿又回到花园,吩咐书童把尸体抬走,放到封家门前,明日再去他家门前找。冯春正要做这件事,丫鬟来报:"小姐要寻死自尽,幸亏奶娘看见救下,现在正在房里大哭呢。"冯春一听,连忙跑进闺房,见素英落泪,毕竟父女连心,早把怨恨抛到九霄云外去了,说:"女儿你别伤心了,刚才父亲说话粗暴,不要怪父亲。"劝了一会儿,冯春叫人小心守着小姐,出房回到花园,直骂封真,叫过四个家人,把秋葵的尸体抬起来,偷偷送到封家门外。

第二十二回
傻封真含冤入狱
于成龙睡梦猜字

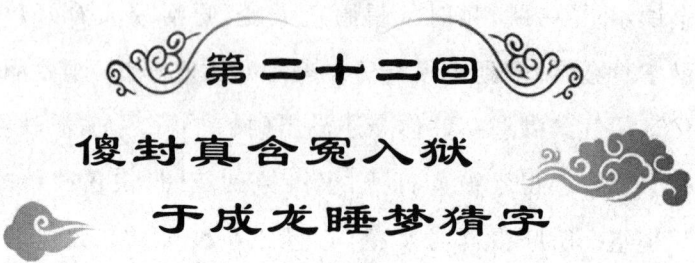

第二天一早,封真去杜宅读书,刚出大门,被冯家仆人抓住,送到县衙。东安县知县名叫孙炼,是个贪财的官儿,平时就和冯春有来往,不容封公子分说,严刑审问,屈打成招杀人之罪,投入南牢等候问斩。谈氏夫人听说封真遭受不白之冤,万般无奈,变卖了几件家具换了点银子,到南牢给儿子送饭,上县衙为儿子告状。孙知县受冯春之托,一概不准,老夫人十分伤心。这天正坐在房中,隔壁张婆走进来说:"老太太,你家公子含冤,被判成死罪你怎么不想想办法?刚才我家老头儿从保定回来,说那抚院于大人公正清廉,善断奇案,夫人你去保定为儿子告状啊,估计还能有几分指望。你要是没有路费,我愿意借给你二两银子。"说着,她从衣袖之中掏出银子。谈氏对张婆千恩万谢,随即雇了一套马车,要到保定告状,并托付张婆给公子送饭。老夫人披星戴月,直奔保定府而来。于成龙正好搭救完齐京,监斩了孟度,刚刚回到保定府。

于成龙刚回到保定府,大大小小的官员都来迎接,这时忽然听人群中有人诉苦:"冤枉啊,请青天大人救命!"

于成龙顺着声音瞧去，原来是一个年老的妇人，忙吩咐衙役："把那妇人带到衙门听审！"衙役答应，将谈氏夫人带走。于成龙进了府衙，下轿升堂，说："众官请回吧，咱们明天再见面。"众官员鞠躬告退。于成龙吩咐："带告状人上堂。"下边答应。老夫人上堂跪倒，流泪诉苦，说道："大人，民妇的丈夫在世时，曾做过青州知府，告老还家后，不幸身亡，留有一子，名叫封真，今年十八岁，在杜府读书，曾与冯春的女儿冯素英定亲。如今因我家贫穷，冯春想要悔婚，自己杀死丫鬟，反到东安县告状。县官图财，严刑拷打我儿，判成死罪。久闻青天爱民如子，求大人高悬明镜，为我儿申冤。"

于成龙让谈氏先下堂等候审讯。谈氏谢恩，叩拜出衙，暂时住在尼姑庵。于成龙马上派四名衙役去东安县提封真听审，又提孙知县等也前来旁听审问。封公子说的与谈氏说的一模一样。于成龙又问冯春说："你自己杀了秋葵，想诬赖封真，将女儿另许别人，做这样伤天害理的事情，有这回事儿吗？"冯春回答："大人，封真本是我女婿，受聘成亲，不料封章去世后，封真做下坏事，天黑后闯入我家花园，想要偷盗，秋葵赶他，被他打死，尸体在他门口，证据确凿，封真却不肯招认，赖我女儿约至花园，私赠金银。封真不肯承认罪行，我才将他送到东安县衙，告他图财害命。大人断事如神，求您为我家丫鬟秋葵惩罚这个凶手啊。"于成龙在座上吩咐说："据本官观察，封真不像是行凶之人，暂将他关在大牢里，本官再仔细调查一下，一定会给你个公道的。"

于成龙让众人散了，自己回到书房，独自寻思，不知不觉又困倦了，趴在桌上睡着了。梦中听见门外刮起一阵阴风，有一个屈死的女子前来诉苦。于成龙梦中端详，这个女子披头散发，嘴角带着鲜血，面容苍白，双眼含泪，来到于成龙面前。于成龙问："你是什么地方的冤魂，被谁谋害？详细说一说，本官一定会帮你抓住凶手！"女鬼说："大人，说起我被害的细节，真是一言难尽啊，我留下四句隐诗，求大人醒来后好好猜猜吧。'丈夫系子到皇都，草肃生心将计露。主母佳酿醉死奴，可怜身赴黄泉路。'"女鬼念完四句隐诗便带着一阵旋风，出门而去。哭声隐约还在门口，哭得十分悲惨。忽然听见一句："鬼魂还不快走！这是抚院大人的书房，不可在此地久留，打扰大人！"只见一片红光，一位神仙来到房内，是个道士打扮，颇有几分仙风道骨，头戴翠云巾，面容发紫，眉目间有股神圣之气，脚蹬水袜云鞋，手里托着一个黄金如意。于成龙打量完，开口问："请问神仙为什么来我这儿啊？"

那道士回答："抚院大人，小道家住蓬莱岛内，寿与天齐，长生不老，从来不管红尘俗事。这次因为你当官清廉似水，感动了神仙。我是氤氲使者，专门管理婚姻大事，听说你遇到难题，所以小道我下凡来为你指点迷津，冯春状告封真打死秋葵，抚院大人想不出凶手是谁，要知凶手姓名，我念一首新诗你要记清：'木土相逢散绿荫，野猿无犬入园心。清官须要留神悟，诗句包藏作恶人。'"神仙含笑从头念完。于成龙听完诗词，刚要问个清楚，霎时间，房内升起一片祥云，氤氲使者出门而去。于成龙惊醒，仔细参悟梦里发生的事："梦中女鬼诉冤，说了隐诗，被神仙喝退，指引害死丫鬟秋葵的凶手,也念了一首诗,怎么都不肯明说,叫本官猜哑谜呢。"左右思想,灵机一动,面带喜悦地说:"对了,隐诗第一句'丈夫系子到皇都','系子'二字相连,是个'孙'字。我问过东安县知县,他叫孙炼;第二句,'草肃生心将计露','草'字为头,'肃'在下,不就是个'萧'字吗?第三句,'主母佳酿醉死奴','主母'凑起近似个'毒'字,佳酿是酒,此妇定然是因为酒而死的;第四句,'可怜身赴黄泉路',分明是指遭屈被人害死!女鬼不向本官喊冤,是在诉苦,这件事应和知县孙炼有关,那就等他回话时候如此这般,此案一定能弄明白!还有四句诗文更好猜了,'木土相逢',一定是个姓杜的'杜'字,'散绿荫'是助语,没有意义;'野猿无犬人园心','猿'字去反犬旁儿是个姓袁的'袁'字,外加上一个圆圈,分明是个园林的'园'字,本官猜,打死秋葵的凶手一定是姓杜或姓袁。"隐诗都被于成龙猜了出来,他这才安心休息。

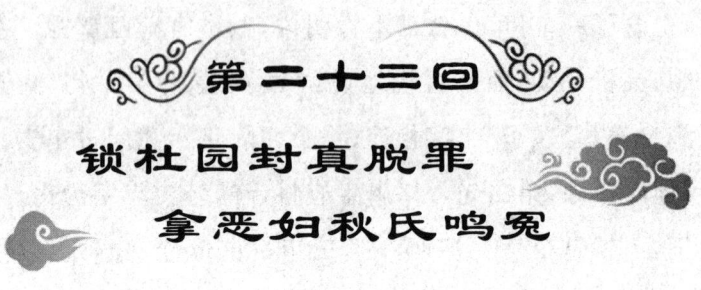

第二十三回
锁杜园封真脱罪
拿恶妇秋氏鸣冤

第二天一早,于成龙就升堂审案。大小官员行完礼各自退下。于成龙望着知县孙炼说:"孙知县,你可知罪吗?"

孙知县一听,魂儿都吓飞了,连忙跪倒,说:"大人,卑职秉公守法,不知所犯何罪?"于成龙在座上微微冷笑说:"本官并不是问你封真杀人这个案子,我问你,你妻子姓什么?"孙知县回答:"大人,卑职妻子娘家姓萧。"于成龙又假装生气地说:"孙知县,你家中屈死一个妇人,是萧氏做的坏事,你快实话招来,要是敢欺瞒本官,一定连你一起问罪。"

孙知县一听,心中暗想:"大人真是有神眼啊,趁这个机会我还是说了吧,免得以后受牵连。"于是便说:"大人,卑职的原配妻子萧氏,心如蛇蝎,十多年都不能生育,所以嫉妒他人。我娶了一个小妾叫秋如雪,指望她为我生儿育女。不料有一次我有事进京,等我回到家的时候,秋氏已经死了。我追问萧氏,萧氏也说不清楚,我怀疑大概是妻子歹毒害人,以前她就害死过几个小妾了,于是我一生气打了萧氏,他的哥哥萧魁就来我家了,萧魁仗着干爹官大,无恶不作,横行霸道,生气地说我无缘无故打妻子,要是萧氏有半点闪失,一定不放过我。我害怕他,所以就没再追究。"于成龙说:"孙知县,你真是无用,白拿朝廷俸禄了。县官这个官职虽然不大,但也是百姓的父母官,要起到表率作用,你却知法犯法,纵容妻子行凶杀人,你在一边等着本官,一会儿再收拾你!"说完,立刻派八名衙役到东安县西村捉拿萧魁回来听审,再到县衙去捉拿萧氏。

于成龙吩咐衙役到监牢里把封真带上来。封真跪在堂上流泪。于成龙问他:"封真,冯素英要和你私自约会并赠金银首饰给你,这是真的吗?"封真回答:"这确实是真的,秋葵到我家送信儿的时候我不在,是我母亲谈氏接待她的,我母亲上年纪了不会说谎,冯小姐也可以作证。但是我当晚并没有去冯家花园和小姐约会。""为什么?""怕中计被骗,我犹豫不决,不敢擅自做决定,于是就把这件事告诉了一起读书的杜园,和他商量,结果杜园坚决不让我去,我就听从了他的意见。"

于成龙一听就明白了,知道杜园就是凶手,立刻派人去捉拿他。杜园被带到堂上,嘴里连声喊冤。于成龙怒气冲天地骂道:"大胆恶贼,多亏神仙指点迷津,使我明白真相。你还想嫁祸给同窗好友!封真信任你,你却唬住他,假扮封真到花园图财害命,打死秋葵,陷害封真。本官知道你这种恶徒不用大刑是不肯招供的,来人!把夹棍抬上来!"衙役上来把杜园撂倒,套上夹棍,用力一拢,痛得杜园几乎昏死过去,但还是不招认。于成龙见大刑不管用,便先把杜园投入大牢等候再审。

于成龙把公差邹能和戚进叫过来,在耳边嘱咐了几句话。两个公差一齐答应，离开衙门，连夜办事去了。于成龙退堂歇息。

第二天，于成龙接着审这个案子。只见负责捉拿萧氏的衙役当堂跪倒："启禀大人，小的奉命到东安县将萧氏和萧魁带回来了。"于成龙吩咐先把萧氏带上堂。萧氏长得眉粗大眼，一看就挺阴损恶毒，不过正吓得浑身发抖。于成龙对萧氏说："女鬼秋如雪告你兄妹俩杀死她，你就快点招了吧！"萧氏早就害怕了，被于成龙这么一问，马上就招认了："大人，丈夫娶小妾让我十分生气，于是下定决心要收拾她，我和哥哥萧魁同谋，趁丈夫外出不在家，用毒酒害死了秋如雪。等丈夫回来的时候，就告诉他秋如雪是突然患病死的。丈夫不信，把我打了，幸亏哥哥出面拦住了他。今天见到大人，知道大人善断奇案冤案，不敢抵赖隐瞒。"于成龙冷笑说："萧氏，你心里想的本官都猜到了，你打算先招认免得受皮肉之苦，再让本官传萧魁来公堂对证，指望他不招好无法定你的罪，是不是这样？别痴心妄想了！本官早有准备！来人！把萧魁带进来听审！"

萧魁一见于成龙就说："大人，不用动刑，我情愿招认。"萧氏见兄弟实说，吓坏了。于成龙望着孙炼说："孙知县，萧氏犯了几个大罪都应该处斩：第一，断了丈夫的香火，罪当死；第二，用毒酒杀死小妾秋如雪，罪当死；第三，仗着兄弟凌辱丈夫，罪当死。三个死罪加在一起本官理应定她死罪，但你是知县，我还要问问你的意思。"孙知县马上说："大人，这个女人阴狠毒辣，我恨不得吃了她的肉，哪会偏袒她呢？请大人秉公守法定罪！"于成龙点点头，吩咐衙役把萧氏和萧魁关在大牢里等候问斩。

刚要退堂，负责去东安县寻找赃物的衙役回来了："大人，小的到东安县杜园家里，按照大人的吩咐，向他妻子说杜园已经招供了，我们奉命来取赃物。他妻子信以为真，从箱中取出赃物，共有一包金银，六件金钗耳环等首饰，小的已把这些赃物带回来了。"于成龙十分满意，传来杜园、封真、冯春和谈氏等人上堂。封真的枷锁已被除去，同众人一起站在旁边等候。于成龙指着杜园骂道："你这该死的奴才，本官略施小计，就从你家查出了赃物，你还敢抵赖吗？"杜园看到已有罪证，不敢抵赖，便把吓唬封真，又冒名顶替，打死秋葵盗财物的经过讲了一遍，并签字画押，最终也被收监候斩。

冯春见杜园招认了，知道自己诬赖了好人，怕被怪罪，吓得不停地磕头说："求大人饶了小人诬告的罪名，小的真的不知道是杜园干的啊，我从今以后改过自新，再也不敢嫌贫爱富了。"于成龙冷笑说："你知罪能改，再好不过了。"然后宣布了审案结果："杜园图财害命，按法处斩；封真入狱是被冤枉的，当堂释放；冯素英忠贞守节值得赞扬；本官判你们两家仍是定有亲事；冯春嫌贫爱富，理应判你有罪，但念在你女儿忠贞，就罚你一千两银子，资助封真完婚；冯春应厚葬丫鬟秋葵；孙知县贪赃枉法，纵容妻子萧氏杀人，革去知县官职。"

谈氏夫人和封真对于成龙千恩万谢，回家去了；冯春回家，厚葬了秋葵，又拿出一千两纹银帮助封真和冯素英完婚，一家四口过着快乐的生活。

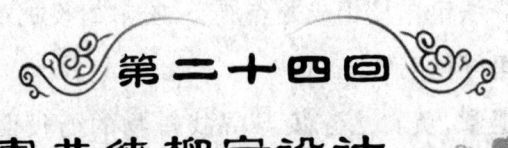

第二十四回

害井纯柳宁设计
山万里买通娄能

河间府城外有个丰村,住着一个叫井纯的村民,妻子叫冉氏,贤惠勤劳,小妾叫向丽娟,还有个幼小的家童,名叫素贵,虽然年轻却很勤劳。一家人安分守己,日子过得十分富足。井纯是读书人,雄心壮志,每天闭户读书,只想金榜题名。一天,井纯正从书房往外走,遇到徐家庄的柳宁,他是井纯的表弟,常来借钱。井纯请柳宁到书房,问他来做什么。柳宁满脸带笑说:"表哥,多亏您借我三千吊钱,我感念不尽,但是那点小钱哪里够用啊?才过半个月就快花光了,现在闹饥荒了,所以我又来借钱,求表哥再借我几两银子,等兄弟我有钱的时候,连本带利一起还上。"井纯心想:"他借了这么多次钱,拿去不是嫖,就是赌!我念亲情,他却不知好歹,今天又来借钱,要是再给他,只怕他更加猖狂,不能再借给他了。"于是,井纯微微冷笑说:"表弟,我家就是平常人家,哪有那么多闲钱往外借啊?我劝你从今往后别再张口了,要是你仔细点花,那些钱怎么会用得完?请你回去吧,我家没钱。"说得柳宁羞愧,告辞出门而去。柳宁平时爱嫖赌,输急了还做些盗窃的勾当,不是一个省油的灯,被井纯羞辱一场,走出井家,心下生恨,暗骂:"你不借给我一分钱,反而羞辱我一顿。我一定想个办法叫你家破人亡。我要找个机会对你下手,让你再欺负我穷。"柳宁主意已定,打算先去南门山的山万里家。这山万里是个万恶的土财主,富可敌国,经常与府县官员、乡绅富户来往,为人心狠手辣,好色,本地的百姓都很怕他。

柳宁飞快地跑到南门山的山万里家。山万里正在门前闲看家丁遛马,一见柳宁来了,便说:"小柳儿,这几天不见你的影儿,想是在干什么好事吧,今天来我这儿有什么事情?"柳宁说:"太爷,听我告诉您,这几天我瞎忙来着,所以没来给您请安。今天特意来告诉太爷一桩喜事。"山万里把柳宁带到大厅,坐在椅上说:"小柳儿,有什么喜事快点讲来,要是合太爷我的心意,我一定会重赏你的。"柳宁说:"您老命犯桃花,天降姻缘了。丰村有个叫井纯的,家道小富,与我有点关系,是我的表哥。他有房爱妾,名叫向丽娟,今年十八岁,美貌动人,面如芙蓉,柳眉杏眼,胭脂点唇,腰似杨柳,十指如笋,金莲三寸,犹如天仙,赛过嫦娥。"山万里闻听,不由得想入非非起来,干笑了两声,说:"小柳儿,你表哥的小妾长得漂亮,与太爷我有什么关系?你跟我说这些没有用的干什么?"柳宁说:"您老人家有所不知,井纯的小妾听见小人说太爷的富贵和宽宏大量,有心想和太爷您相好,但是她觉得井纯碍眼,就背地里和我商量,说叫太爷您把他害死,好一心侍奉太爷。"山万里一听,心里高兴极了,回答道:"太爷我很高兴能赢得美人这样偏爱,她既然有情,我肯定不能辜负她。小柳儿,你去回复美人,叫她耐心等我,过不了几天,我一定会把井纯害死,然后再娶她过门,到时我会重赏你的。"柳宁心中暗喜,立即告辞离开了。

山万里听信了柳宁的话,心中狂喜:"天赐姻缘,我交上桃花运了,这个向氏从未见过我,却对我朝思暮想,情愿当我的侍妾,叫我杀了井纯,我得快点想个办法。"山万里思索片刻后,那贼眼珠骨碌一转,计上心来,大喊道:"来人,快把丰村的里长叫来,我有事和他商量!"一会儿,丰村里长娄能被带到前厅。

山万里对他说:"娄三哥,好久不见了。"娄能说:"好久不见,小人给太爷请安了。"山万里说:"娄三哥,前几天你对我说你哥哥的店要添本钱,希望我能借点钱给你,今日叫你来,就是要你来拿银子的。"说完,派人到后面取回五十两银子,交给娄能,然后二人到书房吃菜喝酒。山万里拿着酒杯说:"娄三哥,我问你,我对你怎么样?"娄能连忙欠身说:"太爷对我的恩情比天还高,比地还厚啊。"山万里笑了,说:"娄三哥,我有件事儿求你,不知道你能不能办?"娄能说:"太爷托我的事儿,我哪能不办呢。"山万里拉住里长,悄悄把要害井纯的话说了一遍。娄能说:"要害井纯,这太容易了,我们就这么办……"山万里听完点点头,又给了娄能三十两白银。娄能拿着银子回家了。

里长娄能回到哥哥的店里,将一个商人用酒灌醉杀死了,把尸首搬到了井纯的门口,又去买通县衙的捕头,在井纯家附近埋伏下来,就等井纯第二天天亮出门,赖他图财害命。

井纯这天清晨要去探望朋友,妻子冉氏叫丫鬟预备饭菜,井纯吃完早饭,冉氏端着茶水,递给丈夫说:"相公,今天你出门要小心点,我昨夜做了一个不吉利的梦。"井纯说:"娘子,做的什么梦啊,有多不吉利?说给我听听。"冉氏说:"昨晚我梦见阴云密布,咱家房梁折断了,掉了下来,房里地上升起一股黑烟。我被这个梦吓醒了,感觉十分不吉利。"井纯说:"娘子,不要这么多疑。不要为了一个虚无的梦担忧。"井纯说着,走出门,刚迈了几步,就被一东西绊倒,他爬起来抖了抖衣裳,看见是一个人躺在地上,以为是有人喝醉了酒睡在了这里,心里记挂着朋友,便继续迈步上路了。这时,里长娄能上前搭话说:"井相公,你的朋友来看你,因为什么把他灌醉,撵在门外,让他在露天地里睡觉?"井纯回答娄能说:"里长,这个人不是我的朋友,不知为什么睡在地上,小弟起早出门,都被他绊倒了。"娄能说:"原来是这样,哪能喝醉酒躺在您家门前呢?我这就把他叫醒,打发他回家。"

这时县衙捕头走了过来,娄能故意和他说:"陈哥早啊!你来得正好,过来帮我把这人叫醒!"二人走到尸体身边,看着尸体脖子上的伤口,假装害怕,大声喊:"井纯你个大胆恶贼,竟然杀了人!"井纯听到这话,很吃惊地说道:"我是读书人,怎么敢伤人呢?不是我干的!"娄能摆手,不容分说将井纯锁起来,送到河间府衙门。

娄能对知府康蒙说:"大人,村民井纯图财害命,天亮弃尸时被小人看见,现已抓到公堂,在衙前候审。"康知府闻听,吩咐衙役把井纯带上堂。康知府打量了一下井纯,觉得他相貌斯文,不像能行凶杀人的人,料想这中间一定有隐情。

正在这时,一个衙役跑到康知府面前,低声细语地说:"山万里派人来送礼了。"呈上礼单,康知府接过来看见上面写着"纹银五百两",于是便问:"山大爷为什么送礼?"衙役低声回话,就把山万里要害井纯的话说了一遍。自古都说"清酒红人面,财帛动人心",康知府收了资财,吩咐说:"让送礼的人回去告诉山大爷,他托付的事情我会办好的。"衙役下去把这番话告诉了山万里的家仆。

这个贪钱的康知府先前看井纯年轻俊秀,相貌斯文,还想为他洗刷罪名,如今收了五百两银子,就要动刑审问井纯。康知府顿时变了嘴脸,一拍惊堂木,问:"井纯,你图财害命,罪恶滔天,你把杀人凶器藏在什么地方?从实招来,免得大刑伺候!"井纯磕头回答说:"青天在上,小人虽然是村民,却读书知礼,秉公守法,还想考个功名,怎么敢胡作非为?希望大人查明案情,放了小人,井纯全家都感激大人的恩德啊。"康知府假装生气地说:"井纯,你图财害命,有人证在此,你还想狡辩到什么时候?"吩咐衙役动刑。衙役将井纯按倒在地上,脱去他的鞋袜,套上刑具。井纯疼痛难忍,昏死过去,被衙役用水弄醒。井纯心里暗骂'贪官',嘴里不停地喊冤,说:"大人作为父母官,冤枉好人,不为民除害,白吃朝廷俸禄!"

康知府听后气得火冒三丈:"给我加刑!"衙役不敢怠慢,对井纯刑上加刑。井纯一介书生,哪能承受这些疼痛,无奈之下只能屈打成招,并被衙役拽着手指画押,关入死牢。

井纯身陷死牢,哭得撕心裂肺,惹人伤心。有一个叫闻中的狱卒,见井纯图财害命是一桩冤案,十分同情他,为康知府贪赃枉法愤愤不平,却不敢多说,一来怕康知府,二来知道山万里的势力很大。狱卒闻中同情井纯,走到井纯跟前说:"井相公,你现在在监牢,你家人可能还不知道,要不要我到您家去送个信儿啊?"井纯喜出望外,说:"您的大恩大德,我井纯以后一定会报答。"闻中说:"井相公放心,送信给你家人知道,他们一定会来打点救你的。"说完就离开监牢。闻中找到井家门口,大声敲门。井纯的妻子冉氏正在房中闷坐,听见有人敲门,吩咐素贵:"快去开门,想必相公回来了。"家童走去开门,抬头见闻中,就问:"您来这儿有什么事么?"

闻中说:"我来带个信儿。你家相公今早出门去看朋友,被官府捉去,说他图财害命,并严刑审问,他抵不过酷刑只能当堂画押认罪,现在被关在南牢。我念他是个读书人,所以来送信儿,你们赶快给他送饭,使钱打点打点官府,晚了你相公的性命就保不住了。"素贵一听顿时脸色就变了,进屋把狱卒的话告诉了二位夫人。冉氏和向氏听完吓得没了主意,只知道哭。素贵说:"夫人,相公含冤,现在被关在牢里,你们不要光顾着悲伤,快想办法搭救相公要紧。"二人听说,马上止住眼泪。冉氏望着向氏说:"妹妹,快点准备饭菜,先去南牢给相公送饭。"向氏说:"姐姐,你去监牢给相公送饭,我在家中想一想办法,替相公申冤,救他出来。"冉氏满面流泪,说:"妹妹,纵然要去鸣冤,也等我看相公回来再商量。"说完,和丫鬟把饭菜装在饭盒里,带着家童,去南牢给井纯送饭。

中国历代通俗演义故事

　　冉氏和向氏得知相公井纯被屈打成招关入大牢,不知如何是好,只能伤心落泪。

第二十五回
骗佳人柳宁提亲
向丽娟改嫁救夫

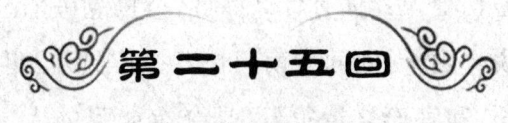

山万里花完银子,知道把井纯判成死罪后,十分高兴,派人把柳宁叫来,说:"小柳儿,前几天你对我说的事,我都办妥了。井纯已经被关,定成死罪。你快去通知美人儿,我好选个日子娶亲过门,给你重赏。"柳宁答应说:"不用大爷吩咐,小的知道。"转身迈步出门。

走在路上,柳宁一直在想:"我因恨井纯不肯借钱给我,才叫山万里定计陷害他。现在我去提亲,怕向丽娟未必肯答应,山万里那边我该怎么交代啊?为了活命,我只能这样了。"于是柳宁想出了一条计策,要骗向丽娟上当。一会儿工夫柳宁就到了井纯家。向氏叫丫鬟开门,柳宁开门便说:"刚才我在城里,听说了你家相公遇害,我有个办法能救你家相公。"

丫鬟跑去告诉向氏,向氏连忙说:"快把柳宁请进来。"向氏给柳宁端茶送水,好生招待。柳宁故意先打听了一下井纯被害的经过,向氏流泪说了一遍,柳宁又故意点头说:"嫂子不必伤悲,表哥遭受这个不白之冤,明明是知府为了报仇,要取他性命,我来正是为了这件事,和你们商量如何搭救表哥。"向氏悲伤地说："你有什么妙计，请快点讲来。"

柳宁说："嫂子，河间府南门住着一位员外，叫山万里，家里富可敌国，和官府交情很好，是个有能耐的人。昨天山太爷听说表哥被冤入狱，很同情他，有心搭救表哥。今天早上把我叫去了，让我来和两位嫂子商量，你们如果肯答应一件事，他就包管表哥不会被处死，还能够平安回家。"向氏说："山大爷如果肯救出相公，什么事情都能答应他，你快说吧。"柳宁长叹说："嫂子，今年清明上坟时，你们夫妻到城南，员外见你风流俊俏，美貌无双，到现在还在想你，天天感叹没有缘分。嫂子如果肯嫁给他，他肯定会帮忙搭救表哥，到衙门说上几句话，表哥立刻就能出监牢，如果你不依他，恐怕表哥性命难保啊。"向氏听完，杏眼圆睁，火冒三丈，开口就想骂，可是一想到井纯，就忍住了。她心想："山万里贪图美色，我要是不答应他，恐怕相公的性命难保，我本来就是个偏房，也不是原配，为救相公性命改嫁，应该不算失节，我也问心无愧。"打定主意，向丽娟怒气消了一半儿，说："等姐姐回来，我俩商量一下再回复你。"

正在这时，正室冉氏回到家来。向氏马上出门迎接。冉氏一见到向丽娟就放声大哭说："妹妹，今天早上我进监牢看相公，相公真是可怜，戴着手铐脚镣，头发蓬乱，浑身伤痕，衣服都破了，十分狼狈，人不像人鬼不像鬼，我再三劝说，他才勉强吃了半碗米饭，叫咱们快点搭救他，可是你我都是女流之辈，能有什么办法啊？"向氏说："姐姐不要悲伤，我正要和你商量一件事。"冉氏问："你有什么好办法吗？"

讲话工夫，走进房门看见了柳宁。向氏把柳宁说的话跟冉氏讲了一遍。冉氏听完低着头不说话，心想："让丽娟改嫁，与礼不合；不叫她改嫁，相公的性命就难保，这可怎么办？"她左右为难，急得直叹气，忽然想出一个计策，眼睛一亮，看着柳宁说："小叔，向丽娟不过是个普通女子，没有什么惊人才貌，山万里如果肯搭救相公，我情愿帮他再找一个绝色佳人，为他出钱迎娶，您看这样好不好？"柳宁冷笑说："嫂子，山万里自己富可敌国，哪里稀罕你出钱帮着娶亲？除了向氏嫂子嫁到他家，他才肯出力搭救，没有其他的路可以走。"

这时，向氏镇静地说："姐姐，事已至此，容不得你我商量了，相公落难，小妹不能为了保全名节而让相公丧命！况且我改嫁也是为了相公，是顾全了大义，山万里肯出手搭救，我们求之不得，还想什么忠贞节烈！小妹愿意改嫁救夫，姐姐不要阻拦我。"冉氏说："既然如此，小叔，我还有一事要请教，不知山万里是先救相公，还是先娶向氏？"柳宁说："嫂子糊涂，自然是先娶向氏过门，然后才搭救表哥。二位嫂子如果不信，可以先叫他写一张字据，好教你们姐妹放心。"

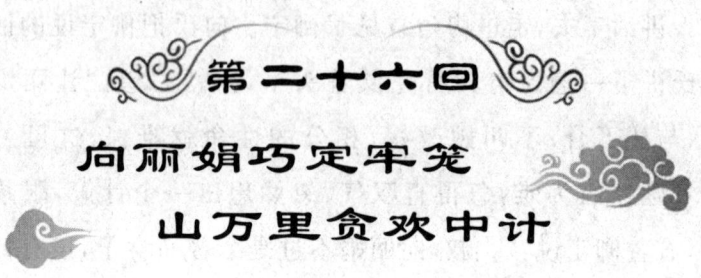

第二十六回
向丽娟巧定牢笼
山万里贪欢中计

冉氏说："那就麻烦你去到山家，就说向氏情愿改嫁，请山万里写个字据送来。"柳宁答应，离开井家回到山万里家，回复说："向氏十分高兴，就等着您迎娶过门了。"山万里听完，脸上乐开了花儿，拿过皇历开始挑好日子准备迎娶。柳宁假冒山万里写了一张字据，送到井纯家，交给二位嫂子。二人信以为真，一心等着娶亲过门，救井纯出狱。

几天之后，柳宁来井家说："山府明天娶亲，嫂子好好准备一下吧。"说完告辞走了。向氏与冉氏在房中坐下，想到马上要分离了，互相谈心哭诉，整说一夜，直到天明还是伤感。柳宁从外走进来说："向氏嫂子，快点梳妆打扮，山府娶亲花轿就要到了。"向氏无奈擦干眼泪，开始梳洗打扮。

不一会儿，鼓乐喇叭声来到门前。左右邻居不知原因，你一言我一语，议论纷纷，都说井相公为人忠厚，平白遭人陷害，小妾却在这时改嫁，真是祸不单行啊。向氏在房中梳洗，换上新娘衣裳，"扑通"一声跪倒在冉氏跟前，说："姐姐，从今往后我们再也不能见面了，请帮我照顾好相公。"说完站起身来，准备上轿。冉氏流着泪搀扶向氏，把她送上轿。鼓乐喧天,轿夫抬起花轿出了街门,直奔山府。花轿进了山府大门,落到前厅,向丽娟出轿与山万里拜堂成亲,和他的原配妻子乌氏见了面后,被送入洞房。

山万里家大业大,很多人都来攀亲奉承,亲朋来往不断,闹了一天才散。山万里来到洞房,打发丫鬟们下去休息,自己坐到床前仔细打量向氏:烛光下面的向丽娟,一副花容月貌,与柳宁所形容的一点不差,但是此时的美人儿双眼通红,满脸泪痕。山万里奇怪地伸手拉住向丽娟,问:"娘子,你叫柳宁来通知我,着急与我做夫妇,今天拜堂成亲,这么大的喜事,你为什么还这样伤心呢?"向氏听完山万里的话,心中暗想:"恶贼的话好蹊跷,我得好好问问他。"想罢,开口说:"员外,柳宁对您怎么说的?"山万里回答:"娘子,前几天我在前厅坐着,柳宁就来了,说娘子年轻貌美,俊俏风流,不愿意给井纯当小妾,嫌弃他家贫寒,想要重婚改嫁,又嫌井纯碍事,不敢讲明,就叫我把他害死,好与我结成姻缘。娘子吩咐我哪敢不从,于是我不顾伤天害理,花费银两,设下圈套,买通里长娄能,杀了一个商人,连夜把尸体移到井家门口,诬陷井纯图财害命,又贿赂康知府,屈打成招画押,秋后处斩。井纯死后,你我就可以过上逍遥的日子了。"

向氏一听,气得粉面焦黄,暗骂柳宁:"这个该挨千刀的奴才,我家相公和你有多大冤仇?弄得我们生死分离。原以为我失节救夫,谁想到掉进了狼窝!姐姐,你在家中痴心妄想,还指望我嫁过来后求山万里搭救相公。我虽然救不了相公,但是我可以杀了山万里这个恶贼,为相公偿命!"于是向氏假装开心，对山万里说："员外，您对奴家这么宠爱，奴家真不知道怎么报答您呢，只好敬酒给您喝，不知员外肯不肯赏脸啊？"山万里说："美人儿赐酒，山某肯定会领情。"于是又把丫鬟叫上来摆好酒宴。向氏心里恨他入骨，脸上却笑脸相迎，亲自为山万里斟酒。她娇滴滴地说："员外为奴家费了不少心思，奴家十分感动，今天晚上洞房花烛，奴家敬您三杯酒。"山万里伸手接过酒全都干了，向氏又斟，山万里色迷迷地看着向丽娟，连饮三杯，向丽娟花言巧语，不停地劝酒。

山万里借着烛光盯住向丽娟，越看越爱，越爱越喝，不一会儿就醉倒了，坐在椅子上，上身前后乱晃。向氏看在眼里，吩咐丫鬟说："员外已经醉了，你们都下去休息吧。"

丫鬟都散去了，向氏又独自坐了一会儿，听四周没有动静了，转身关门，瞧见山万里腰带的荷包里有一把小刀，便抽出来握在手里，迈步走到山万里身边，对准咽喉就是一下，顿时鲜血喷射而出，染红了向丽娟的衣裳。山万里疼痛难忍，从梦中惊醒，一头栽倒在洞房中。但该着山万里阳寿未尽，这一刀没扎在致命之处，还有口气在。向丽娟看着倒在地上的山万里，十分害怕，把心一横，就要寻死。她在心里对井纯说："相公，奴家杀了恶贼为你报仇，恐怕天亮后会被人发现，传出去给相公知道，希望相公能明白奴家的心意！"又骂柳宁把自己害得好苦，要变成厉鬼找他偿命。正要自尽时，门外跑进来两个丫鬟，向前一把抱住向丽娟，将她救下来。

丫鬟们想问向丽娟为什么要上吊，突然看见山员外满身通红躺在地下，脸色蜡黄，连忙将他扶到床上，又报告夫人知道。乌氏看到山万里受伤,着急得直掉眼泪。山万里昏迷不醒,乌氏派人请医生救治,心里猜是向氏为井纯报仇,便吩咐下人把向氏绑起,又抓住柳宁,天明后把二人送到河间府衙门审问。康知府因收到山家的贿赂,便判向丽娟行凶杀人,应凌迟处死,而只将柳宁判充军罪。

冉氏打发向氏出门之后,在家等候消息。第二天,听见大街小巷都传向丽娟刺杀山万里入狱,连忙到狱中去探望向氏。一家人有两口在牢里,忍不住让人摇头叹息。

贪官康知府把井纯屈打成招判成死罪后,把案宗报给上级官府审批,不久批文就下来了,说:"井纯图财害命,赃物证人俱全,按律秋后在本地处斩。向丽娟行凶杀人,按律秋后在本地处决。"康知府心中暗乐,就等着到时间处决井纯和向丽娟了。

一天,于成龙退了堂独自坐在书房,突发奇想:"直隶八府地方很大,其他地方应该也有冤案发生,我得去查看一下。"于是,于成龙假扮成贫穷的书生,偷偷离开了衙门,到处留神访查民情。不知不觉就来到了河间府。

于成龙到了河间府,看见街上彩旗招展,人声喧闹,许多人手里举着高香,口中念佛。于成龙说:"原来是赶上了庙会,我也来凑凑热闹。"便跟着人群来到慈济寺里,只见慈济寺修盖齐整,庭院干净整洁,神像高大威严。于成龙跟着参加庙会的人一起到主庙焚香礼拜,拜完之后,离开主庙,到配殿休息。于成龙正打盹的时候,来了一个小孩儿,跪拜在佛像前,边祈祷边哭哭啼啼的,惊醒了于成龙。于成龙看到是一个小孩儿跪在佛像前祈祷,便心生疑惑:"难道是有什么冤情吗?我得问问他!"于是开口说:"在下请问一声,听说这里有件冤枉事儿,不知小兄弟知不知道?"小孩儿流着泪说:"实不相瞒,我家就有冤枉事儿,不知道您问的是不是这件?"于成龙说:"请问小兄弟叫什么名字?家住在哪里?"小孩儿说:"小人的主人姓井,名纯,住在丰村,小的是他的家童,名叫素贵,您叫什么名字?为什么要问我这件事儿?"于成龙带笑说:"实不相瞒,我就是井纯的朋友,听说他最近有含冤屈事,特来问一声,果然不错!"素贵一听,更加悲痛,于是把井纯如何含冤入狱,向丽娟如何改嫁行刺的经过讲了一遍。于成龙听完叹气说:"素贵,你家相公遭人陷害,应该早些打点,你为何袖手旁观,见死不救?"

素贵说:"老爷,小的虽是年轻,怎么会对我家相公见死不救呢?怎奈那康知府拿了人家钱财,我家的冤情没有地方管啊。"于成龙说:"素贵,你家相公遭受冤屈,我心中很同情他,就为你指条明路吧,你可以回家和夫人商量一下如何告状。"素贵便问:"老爷,你叫小的还到哪里去告状?"于成龙说:"素贵,听我的话,必须告状。直隶省城保定府的抚院于大人专门抓贪官污吏、土豪恶棍,你要是到那去告状,包管你家相公平安回家。你马上起身赶路,不要耽误。"素贵说:"小人久仰于大人明如日月,早要去鸣冤,唯恐传言有误,既然老爷也这样说,那我就回去告诉夫人,马上就去鸣冤。"于成龙先回保定府等着去了。素贵回到家就把自己前去焚香,遇见主人的朋友,朋友指引他去保定府鸣冤的话说了。冉氏说:

"你去替主人告状吧,我在家等你消息,你路上要小心。"给了素贵几两路费,素贵接过揣在怀内,随即告别冉氏,出门直奔保定府去了。

　　素贵到保定府之后找个客栈住了下来。他找到一个算命先生,执手赔笑说:"先生,求您帮我写一张状词,我会重谢您的!"算命先生含笑道:"您要写状词,先把案情给我讲一遍吧。"

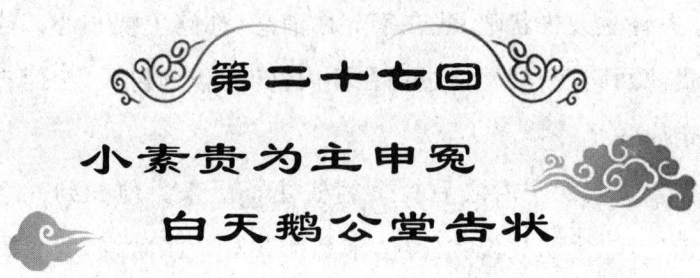

第二十七回
小素贵为主申冤
白天鹅公堂告状

于是素贵又把井纯的事情从头到尾说了一遍,算命先生提笔写完,递给素贵,素贵取出三钱碎银送给算命先生,来至抚院衙门。

于成龙告别素贵之后,回到保定府官衙。于成龙问值日官:"本官私访去以后,朝廷有命令下来吗?"官员说:"大人,朝廷有命令传来,要求天下的犯人都尽快处决,这道文书各省府县都已经知道了。"于成龙心中暗想:"不好,这道文书一下,各府县都要监斩死囚了,别在我审理井纯案子之前,井纯就被斩了啊!"于成龙正在着急,忽然听衙外有人击鼓喊冤,忙吩咐衙役把那喊冤人带进来听审。

素贵被带上堂,偷偷打量于大人,蟒袍补褂,珊瑚素珠,粉底官靴,面如美玉,三绺长须,文眉虎目,威风惊人。素贵觉得面熟,忽然想起来:"大人同我在慈济寺进香时遇见的那书生长得一个模样,应该是大人私访到那里吧。"素贵叩头说:"大人,小的叫素贵,今年十八岁,家住在河间府,来这为主人伸冤。"于成龙说:"素贵,你不用多说了,你家主人的案情,本官已经明白。你还记得在慈济寺内遇到的那个穷酸书生吗?"素贵明白了那果然是于大人微服私访,说:"小的该死,没有认出大人。"

于成龙说:"素贵不必惊慌,不知者无罪。你把状纸交上来吧,然后等候听审。"素贵照办,离开府衙回客栈了。于成龙写了个公文,派人连夜赶到河间府,要把井纯提到保定府听候审问。

于成龙写完公文,刚要退堂,忽然看见有一只白天鹅飞到公堂,朝着于成龙把头乱点,就像人在磕头。于成龙觉得奇怪,看着那飞禽说:"白天鹅,难道你也有冤情?如果遭屈,就再点三次头,飞起来引路,本官叫衙役跟你去,抓住凶手,为你申冤雪恨。"

白天鹅通人性,将头连点三次,展翅摇臂,飞出公堂,上下翻翻,像是等人一样。于成龙叫上捕快康进和辛英:"你俩快跟白天鹅去,看它落在哪儿,快去快回!"捕快连声答应,下堂跟着白天鹅出衙而去。

两名捕快跟着白天鹅出衙门后往西走,到了城西三里地远,荒郊野外很空旷,没有一个人,白天鹅飞过高坡,捕快也就越过去,看见过了高坡之后,白天鹅落在一个很深的大坑里。

低头一望,大坑深不见底,看不清楚坑底有什么。二人商量:"你我要想看清楚,就得下去。"然后走到附近的关庙,找了一个筐和几条绳子,又叫几个百姓到坑边,用长绳将筐拴紧,捕快辛英坐在筐中,众人一齐用力,将筐送下去了。

辛英走出筐中,坑内漆黑一片,瞧不太清楚,伸手一摸,却有个死人在坑底。辛英仗着胆子大,将死人抱进筐里,用手摇绳,上边有铃,绳动铃摇,上边众人一齐用力,将筐拉上坑来,众人看见死人,全都很害怕。辛英跳出筐来,带笑说:"这个人身体温和,应该是刚死,大家快去取姜汤给他喝,也许还能起死回生!"说罢,给死人灌下姜汤,白天鹅从死人怀里钻出来,朝高空飞去。

众人见他穿得很讲究,不像是普通百姓,都暗自猜测他的身份。姜汤一灌下肚,那人就"哎哟"一声,睁开眼睛,留神一看,这么多人围着自己。不由得十分伤心,说:"各位兄弟,要不是你们搭救我,我早就死了!我与宗能朋友一场,没有仇恨,他却无缘无故将我推到深坑里,险些摔死。"康进问他:"老兄叫什么名字啊?到底发生何事?请详细说来。"

那人叹着气,回答说:"在下叫崔云,现在开了一家钱铺,在西门外五里远的青草铺村居住,本村有个富人家,名叫宗能,我俩相处融洽,他比我大一点,经常往来,好得就像亲兄弟一样。今天早上他邀我进城喝酒,把我灌醉,骗我说这条道近,要从这条近路回家,不料走到林中后,冷不防被宗能推落到坑里,迷糊了过去,幸亏诸位救命啊。"康进说:"崔大哥,有个白天鹅飞到公堂,大人疑心有什么冤枉,派我等前来,才把你救出深渊,用姜汤灌活。"崔云闻听,说:"多谢你们救命,但是不知你说的'大人'是谁?求你们告诉小弟,好去叩谢。"康进说:"就是断案奇才于成龙啊。"崔云一听,大喜过望,开口说:"小弟久仰于大人善断无头之事,今日不幸遇灾,幸亏白天鹅诉苦,真是崔某万幸!"说罢,两公差搀扶崔云迈步齐行,很多人围观。三人来到衙前。辛英禀明,于成龙升堂,带进崔云,当堂细问,崔云流泪磕头,说:"大人,小的是崔云,在城西青草铺居住,与宗能是朋友,今早相约进城喝酒,前有过路行人拿着白天鹅叫卖,小的花了八十吊钱买下它,在酒楼上将它放生了。小的与宗能喝到大醉,出城回村,不料宗能心怀不良,骗小的一起抄松林里的近道回家,冷不防把我推到深坑里,求大人为我做主。"

于成龙听完想了一想,说:"崔云,据说你和宗能交情不错,互相帮忙照看妻子和孩子,从不避嫌。本官想来,一定是你的妻子和他通奸。"崔云听于成龙一说,如梦方醒,不停地磕头说:"大人,小的行事糊涂,与宗能交往,谁知他人面兽心,外装诚实,内心奸诈,和我妻子明明以嫂子相称,却在暗地里私通,今天将我推入深坑,要不是白天鹅告状,大人派人搭救,我早已做含冤之鬼。小的没有东西能报答您,只愿于大人福寿如天,还求大人抓住宗能,为民除害,明正其罪。"

于成龙说:"常言道'钢刀虽快,不斩无罪之人',你妻子阮氏私通恶棍,虽有奸情,没有证据,怎么能抓他?你不要着急,听本官吩咐。本官派八名衙役跟你同行,偷偷进到你家,如果宗能在你家中,你就将宗能与阮氏抓住,本官自有处治。"崔云说:"多谢大人洪恩,小的感恩不尽!"于成龙就派捕快头儿韩宣,带领八名捕快,用车装着崔云,放下帘笼,以免走漏了风声,出城去青草铺捉奸。

那大胆宗能,竟到崔家过宿,二人在房中喝酒,宗能说:"嫂子,你定的真是妙计,今天把崔云推落深渊,神鬼难测,崔云白死了,没有人给他偿命,落得咱俩风流快活。"阮如花同奸夫淫乐贪杯,秋莲、素桂伺候着。小家童来福看出宗能与阮氏私通,不敢明讲。又见主人一天没回,宗能竟然住下过夜,来福气得要命,却是敢怒而不敢言。又听见叫人摆酒,来福暗在窗外偷听,来龙去脉,全都记在心里,知道了主人已被害死,心中发毛,走到前边,正要去告状,忽然听见"啪啪"两声门响,小家童来福心里大吃一惊,开口就问:"什么人在夜里敲门?"外面有人答应:"是我!"来福听是主人的声音,只当是鬼,吓得打战,哀告啼哭,说:"宗能把老爷推落坑内,老爷已经死了,小的心内不平,明天替你申冤,老爷为什么不向他们索命,而来吓小的?"崔云说:"来福,宗能在咱家吗?"来福说:"在房中与夫人喝酒。"崔云听说,大叫一声,气得栽倒在地。众多衙役一起上来将他扶起来。来福门内听得明白,心想:"奇怪!明明是我家主人,刚才听我所说,气倒在地上;又有旁人搀扶,难道真的是主人得救?我壮起胆子把门打开,一看就知道了。"来福开了大门,看见捕快扶着主人,来到跟前。他拉住崔云说:"老爷快醒醒!"崔云睁开双眼,望着衙役说:"奸夫淫妇现在在房里,求老爷们快点动手,别让他们逃走了!"众捕快马上一起往里闯,掏出铁锁,套住宗能,连阮氏一起推出村去,街坊邻居都来围观,议论纷纷。

为救深坑中的恩公崔云,白天鹅到公堂告状。

第二十八回

宗恶人巧辩公堂
贪知府欲斩井纯

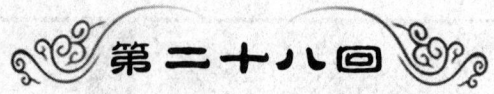

崔云跟着捕快押解犯人进城,到衙门外,捕头韩宣进去禀报于成龙,于成龙吩咐:"把奸夫淫妇带上来听审!"不一会儿,奸夫淫妇在月台前边跪倒。于成龙说:"奸夫,听本官问你,你勾引朋友的妻子,杀害崔云,天理难容!从实招来,免得严刑伺候,要是不招认,本官就让你皮开肉绽。"宗能跪着向前爬了半步,说:"大人,是阮氏风流,勾引小人,通奸的罪名小人愿意领,但是并没有杀人的念头。"于成龙大怒,厉声骂道:"好大胆的恶贼,就该万死!私通朋友的妻,为了美色杀人,自以为行凶无人知晓,幸亏白天鹅告状,飞到公堂,本官派人救活崔云,衙役在崔家抓住你们,你就该认罪实招,为什么只认通奸?想逃过人命官司吗?本官要是不除去恶人,不就叫好人含冤了吗?本官一定不会饶过你!"伸手拔签,往地下一扔,衙役将宗能拉下去重打四十大板。宗能还是不肯招认。于成龙问阮氏:"你不守妇道,勾引恶贼,就该一死!又串通奸夫,谋害原配丈夫的性命,真该千刀万剐,你快点招了吧,免得也受皮肉苦!"阮如花怕死,磕头高叫:"大人,是宗能引诱我的,我们确实有奸情,但是我不曾谋害亲夫的性命,求大人开恩饶命。"于成龙一拍惊堂木,说:"淫妇,既然怕死,就该守规矩,安心过日子。你还敢嘴硬,本官就刑具伺候了!"衙役们一齐来围住阮如花,将刑具套在她的十根手指上,把绳用力一拉,疼得阮如花"哇哇"大叫,忙说:"大人,我招!都是宗能勾引我。他说偷偷摸摸地不方便,就定下计策杀害我丈夫,我不同意,谁知昨天黄昏宗能对我讲,他约崔云进城喝酒,醉后把他骗到松树林,将他推入了深坑,我听说后心里十分不忍,都是宗能干的,与我无关,望大人饶命!"

阮氏把罪过全推到了宗能身上,宗能心中发恨,连忙喊叫:"大人,与阮氏通奸是真,谋害崔云也是我们俩商量的,两人行凶,为什么就我一人受死?大人如果不信,可以问那两个丫鬟,她俩都可以作证。"丫鬟素桂、秋莲上堂跪倒,从实回禀说:"夫人与宗能通奸,奴婢们早已经知道,但是不敢多说,怕挨夫人打骂。昨天宗能来崔家,在房中与夫人喝酒,说他俩早已商量好,要害死我家主人,推在深坑估计已经没命了,他们要做长久夫妻,奴家说的都是实话。"

于是于成龙怒骂:"宗能、阮氏,你们也太大胆了,按律应斩,阮氏凌迟处死,天网恢恢疏而不漏,天鹅告状才使好人得救。来人,把奸夫淫妇关入大牢等候斩首,崔云释放回家。"崔云磕头谢过于成龙,回家去了,于成龙击鼓退堂,写好给朝廷的奏本。

话说于成龙派衙役去河间府提犯人井纯,因限期紧急,衙役连夜赶路,马不停蹄。而河间知府接到让处决犯人的文书,就开始清点人数,准备动刑了。监牢里人多,用了一天把众犯人五花大绑起来，要第二天一早才开始动手开刀。康知府在黄昏时分领衙役来到监牢中，井纯一见害怕得痛哭流涕，不由得满腔怨气，喊道："苍天啊！无缘无故让我遭受大灾大难。我本是个读书人，寒窗苦读，奉公守法，谁知康知府接受贿赂，硬是把我屈打成招，眼看要处决了，怎么就没有人救我啊？"

向丽娟分外伤心，哭得哽咽过去，在心里把柳宁骂了祖宗八代，又埋怨康知府贪赃枉法，不问青红皂白，就要杀死相公，自己想救相公却无能为力，丽娟死不足惜，就可怜相公了。

衙役跪到康知府面前禀报说："知府大人，监牢里共有犯人三十九名，全都绑起来了。"康知府说："天色已晚，你们现在就把这些犯人押到法场，等明天天亮就开刀。"衙役答应，把三十九名死刑犯推出南牢，押赴云阳法场，等天亮问斩。

冉氏打听出处决的日子，就知相公和向氏的命都要没了，素贵白去鸣冤了，就是见到于大人现在也不管用了。冉氏一阵伤心，想在处决之前见一见井纯和向氏，康知府不允许，冉氏只能等天亮后买棺材去收殓尸体了。

第二十九回

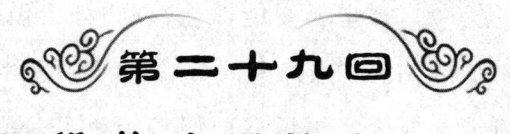

衙役赴法场救人
苦井纯沉冤得雪

众犯人被押到了云阳,就等着天亮被斩了。犯人们都低头悲叹,只有井纯和向氏分外悲痛。正在悲痛时,天色大亮,不一会儿就要动手了。这时于成龙的衙役到河间府,听说了知府已经押着犯人去云阳监斩了,就知道把提犯公文送到府衙不赶趟了,就直接跑到云阳法场,远远地就大声喊:"河间知府,快接抚院大人的提人公文。"康知府不敢怠慢,让人接过来,拆封一看,是为了井纯的案子,心里大吃一惊。康知府说:"这个案子已经审明白了,为什么抚院大人又要亲自审理呢?这是什么缘故?"但康知府不敢违命,只得吩咐:"把井纯、向氏留下,其余犯人全都斩了!"随即派人把山万里请来,对他说抚院大人派人来提井纯,山万里也吓了一跳,心想大事不好。康知府决定跟随衙役上保定府,一路亲自押解井纯和向丽娟。

来到保定府城中,康知府拜见于成龙,于成龙冷笑说:"康知府,本官问你,井纯这个案子,现在他的家仆素贵告你贪赃枉法、冤枉好人。"康知府听了心里害怕极了,说:"大人,卑职蒙皇恩担任知府,哪敢贪赃枉法、冤枉好人啊?井纯图害财命,天亮弃尸,被里长娄能抓住,赃物证人俱全,怎么能是假的呢?"于成龙说:"人命关天,怎么能只凭里长一面之词就把井纯判成死罪呢?再说向丽娟行凶杀人,事出有因,你为什么不问明白,就以严刑苦打,屈打成招,判成凌迟处死?柳宁提亲,原本就不是好意,才引出向氏杀人,却只把柳宁判充军罪。这个案子明显有漏洞。"知府听言,吓得魂不附体。于成龙说:"你先站在旁边,本官一会儿再细审你。"说罢,吩咐带娄能上堂跪倒。于成龙动怒骂道:"娄能,你为什么连夜转移尸体,陷害好人?要不从实招来,就严刑拷问!"娄能怕被用刑,就磕头说:"大人,小的纵然有天大的胆子,也不敢私自杀人,是本地员外与井纯有仇,给小的五十两银子,叫我将店内商人杀死,把尸体搬到井纯家门口。井纯早上有事出门,被尸体绊倒,我在暗地埋伏,上前就把他抓住,河间府知府也被山万里收买,就把井纯判成死罪了。"

于成龙让人记下口供,又带山万里上堂。于成龙手拍惊堂木说:"山万里!本官问你,里长娄能当堂招认,说你用银子收买他,杀死客商,诬赖井纯,你还是从实招来!"山万里说:"大人,我与井纯无冤无仇,都是因为他表弟柳宁说他的侍妾向丽娟美貌如天仙,有心要改嫁,嫌丈夫碍事,所以叫我暗害井纯。我听信了柳宁的一面之词,因此拿银子收买娄能,后又行贿收买知府,把井纯定罪关入大牢,随即娶向氏过门,指望得到美人儿,谁知向丽娟真是节烈女子,改嫁也是为了救夫,我才知道柳宁说的都是假的,都是他耍的诡计,向氏把我灌醉后扎伤了我的脖子,于是家人把她绑起来送到衙门,托知府判她凌迟处死。"于成龙听后不由得夸奖向丽娟:"向氏真是个忠贞节烈的好女子!"

然后柳宁被带上堂问话,于成龙问柳宁:"你和井纯有什么仇恨?你无事生非,设计陷害他,如今证据确凿,你招是不招?"柳宁见大势已去,死扛也没有用处了,便招认了自己的罪行:"我向井纯借钱,他不但不借反而将我羞辱一番,我因此怀恨在心,才想到借山万里的手替我报仇,对山万里说向氏想改嫁给他,让他杀掉井纯。"

柳宁一招供,这个案子就真相大白了。于成龙当堂宣布了审案结果:"知府康蒙贪赃枉法,诬害好人,革职斩首;里长娄能为钱财杀人,连夜转移尸体,诬陷他人,斩立决;山万里仗势欺人,是杀人主谋,斩立决;盗贼柳宁搬弄是非,教唆杀人,凌迟处死;井纯实属冤枉,向丽娟气节可嘉,将二人当堂释放;素贵为救主人舍命鸣冤,忠心可嘉,赐牌匾;其他与此案有关的人均当堂释放。"于成龙将这个案子写成奏本上报了朝廷,批文下来后,于成龙下令处决死刑犯,宗能、阮氏、山万里、柳宁、娄能和河间知府康蒙,全被推到云阳法场问斩。

第三十回

冯文大意上贼船
殷员外被害托梦

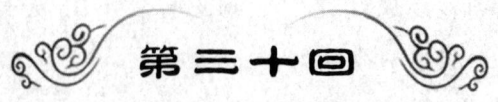

京城中有个叫冯文的官员，刚刚被提升为湖广武昌府知府，带着妻子尹天香和丫鬟仆人离京赴任。这天，夫妻俩走到了张家湾城外，开始走水路，看河边停着一条船，便打算雇这条船过河。

不料这是条贼船，船家是兄弟俩，叫庞五和庞六，都生得膀阔腰粗，经常图财害命，他俩见冯文行李沉重，当是财宝，又见尹氏生得国色天香，便暗生害人之心。其实，这些行李箱子里都是文章书籍。尹夫人上船后，看见船家长相凶恶，便有些担心，怕是上了贼船，于是愁眉不展。冯文就问："娘子在家时每天都高高兴兴，今天为什么闷闷不乐呢？"尹夫人便将担忧告诉了丈夫。冯公听罢，笑说："娘子不用多疑害怕，他们不过是长得粗鲁，况且这条河是贯通南北的大道，过往船只来回不断，哪敢有贼人行凶啊？娘子，古人说'疑心生暗鬼，胆小寸步难行'，你不必害怕，我包管你平安无事。"尹夫人见丈夫如此放心，也就不讲了。

船家开船了，走了一白天都是平安无事。吃完晚饭，夫妻二人在后舱闲坐。庞五望着庞六说："弟弟，我瞧冯文行李很重,想必是富豪之家,这宗买卖做得,够咱俩吃喝嫖赌的了。"庞六说:"哥,他们行李虽重,但咱们还得考虑考虑,他是当官的,带的家仆多,一定还认识很多大官儿,要是害他性命,怕罪名不小!而且这个地方人烟稠密,不好下手,咱们不如过了河西务以南的蒙村,那里行人稀少,树木又稠,那时再动手一定神不知鬼不觉。"庞五觉得弟弟的话有道理,便去睡了。第二天开船,庞氏兄弟支起风帆,分外殷勤,弄得船儿像在水上飞一样。

冯文一家人坐在船舱内,一边欣赏着河边的景致,一边聊天吟诗。尹夫人说:"依我看来,当官受禄就像朝露浮云,不如农户逍遥自在。虽说背井离乡,风光美好,但毕竟不能长久。农户多快乐啊,两个人天天厮守在一起,甜甜蜜蜜,守着家乡,那日子多美好啊。"冯文说:"娘子说当官不如种地,那普天下的人都不应该上进求功名了?我冯文十年寒窗苦读,就是为了考取功名谋个一官半职,不仅能光宗耀祖,还能为民出力,报效朝廷,怎么能说是做官不如种地呢?到底是妇人眼光短浅,不懂得大义!"尹氏见丈夫生气了,便笑着来哄:"老爷,我一时讲错了,这是闲谈,你何必生气呢?"冯文见夫人赔礼,恼怒全消。

冯文夫妻坐在船舱内,一路不觉到了板营口交界。这时河中波涛乱滚,四面大水连天,水势凶险!夫妻俩正在害怕,船家庞五说:"老爷,船到蒙村板口,这里水势汹涌,十分厉害,凡是船只到此处都要祭拜河神,才能保佑平安,小的特来告诉您知道。"冯文不知是计,信以为真,说:"既然如此,需要用什么祭品？我会让家人去治办。"庞五回答说："今天天色已晚，不如明天凌晨再祭拜吧。"冯文说："也好，那就麻烦你将祭品买齐，咱们就在船头祭拜。"庞五见冯文上钩，暗自欢喜，同兄弟买齐祭品。

到了夜里四更，庞五、庞六将船开到没人烟的地方停住，在船头上摆设好祭品，到船舱里请出冯文前来点香。冯文梳洗妥当，整衣束带，来到船头，摆好香烛，上前点香，拜倒叩头。庞五、庞六忽然上前，将冯文连拉带推，推入水中，只听"扑通"一声，冯文坠落在水里。家仆大骂："大胆船家，杀人越货，不怕王法惩治吗？"

船家回身从腰间拔出利刃，手起刀落，两个家仆顿时丧命。庞氏兄弟又到舱内，尹夫人浑身打战，不敢说话。庞五说："你丈夫和家仆都已经死了，你也跟他们一起去吧！"说完抢行几步，揪住夫人，举刀就要剁。庞六用刀架住说："哥，你刀下留人，我看她花容美貌，给我做老婆不是很好吗？"庞五点头同意。

庞氏兄弟把尹夫人锁在船舱里，到船头喝酒作乐去了。尹夫人在船舱里悲痛万分，忽然听见船头响起了打呼噜的声音，尹夫人心想："我何不趁着恶贼喝酒睡着，偷偷逃上岸去，再想办法报仇？总比在这里等死强百倍。"于是她连忙来到后舱船窗之下，凑巧该尹氏脱灾，揣了几件钗子，尹夫人用钗子拨开窗锁，爬出窗子，纵身往岸上一跳，落在河岸边上。尹夫人慌忙迈步急行，穿过大片芦苇，找到了大路，慌忙往前狂奔。跑着跑着，尹夫人看见路旁有一座尼姑庵，十分幽雅，心内甚喜,走到庵门外,用力拍门。

庵里出来一个年老尼姑,瞧见夫人,吓了一跳说:"这位夫人,不像本地人氏,为什么来到这里啊?"夫人未曾说话,眼泪先流了出来,说:"师傅,我本是名门乡宦之女,嫁给了冯文,冯文得中金榜后在京城为官,最近被升官,我们去武昌府赴任,不料途中误雇贼船,恶贼杀死了我丈夫冯文和家仆,逼我成亲,幸亏恶贼喝酒睡着了,我才逃了出来。今日有缘与您相见,恳求师傅救我。"

老尼闻听,叹气说:"夫人您身遭大难,就请到庵中暂住吧,以后是回家还是到府衙告状,咱们再商议吧!"尹夫人拜谢,随老尼走进庵内,进到观音堂拜见了其他尼姑,就在庵中住下了。

庞五、庞六一觉醒来,打开船舱门,不见尹夫人,吓了一跳,到处搜寻,不见任何踪影,两恶贼无奈只得把船开走躲了起来。

河西务以北有个杨村,住着一个富豪员外,名叫殷实,生有一个儿子,名叫殷申,殷实为人心地慈善,吃斋敬佛,长期周济贫穷百姓,因此受人尊敬,乐善好施的声名远近传扬。一天,殷员外饭后到城南散步,欣赏绿柳桃花,百草初生,和风扑面。此时正是清明佳节,上坟祭扫的人来往不断,为祖辈烧钱化纸。殷员外不禁点头叹气,感叹人生在世如一场大梦,为酒色财气劳累一生,死后却什么都带不走。

正想着,殷员外来到一片松林前,仔细一看,吓了一跳,迎面有一人要寻死,用绳拴在树上,正要伸脖子去套。殷员外马上走到跟前,伸手拦阻。原来是殷员外的一个邻居,名叫赖能,长相凶恶,专好耍钱吃酒,到处偷盗银两,每日不务正业,靠干点闲活维持生计。因为这天赌博输了银子,怕人追债打骂,所以来到松林内寻死。赖能见殷员外阻拦自己,不由得落下眼泪,说出了自己轻生的原因。殷员外听完说:"看你为人挺伶俐,为什么就贪玩耍钱、上吊寻死呢?幸亏我看见,否则你不是性命难保吗!我身边带了一两多银子,都送给你了。"赖能接过银子装在兜里,跪倒给殷实磕了个头,然后走了。

刚出松林,赖能转念一想:"殷实腰内肯定有很多银两,趁现在林子里没有人,我何不抢过银子,杀了他,用这些钱耍钱吃酒,想干什么就干什么,活得逍遥快活那多好!"起了害人之心后,赖能转回身来回到殷员外跟前,说:"老爷,天色已晚,您回府路远,我赖能没有什么能报答您,就让我送您回府吧。"殷实信以为真,迈步走在前边,赖能在后面跟着。没走上几步,赖能从后面伸出手一把揪住殷员外,使劲儿一推,殷员外"咕咚"一声摔倒在地上。赖能马上骑在他身上,用自己的腰带勒住殷员外的脖子,殷员外顿时命丧黄泉。赖能连忙将手伸向殷员外的衣服兜里,掏出荷包,揣在自己怀内,又把尸体移到松林旁的河沟边上,绑上一个大石头推进河里,殷员外的尸体一下子就沉到了河底。赖能见事情办妥,转身回家了,此后每天都去赌钱吃喝,没过几天就把钱输尽了,心中开始后悔:"早知道这丧良心的银子用不了多久,我绝不该恩将仇报,谋害殷实性命。"

殷员外的儿子殷申等到黄昏，不见父亲回家，放心不下。第二天一早到处寻找，城南城北都走遍了，也没见着父亲的影儿，又到亲戚朋友家中寻问，还是没有父亲的踪影，不由得心慌意乱。

而殷员外自从被杀害后，冤魂不散，在松林前的河沟里守着自己的尸骨。他在夜里悲声哭泣，一直闹到东方大亮，埋怨没有人替他申冤报仇。这条河沟通向入海口，殷员外的冤魂这么一闹，惊动了一位海神，海神循声前来查问，看见殷员外哭泣，挥动着手中利刃，大声问道："冤魂，你为什么哭得这么凄惨？"殷员外仔细打量这海神，只见他头顶戴着一个金匝，虎目须眉，面色微红，红色的胡须随风飘扬，穿着白衣，威风凛凛。殷实看完回答道："尊敬的神仙，我乃是杨村人，名叫殷实，一生乐善好施，同村的窃盗赖能在松林里寻死，我出于好心救了他，还资助给他银两，不料他见财害命，恩将仇报，把我勒死在松林中，然后把尸首扔在河沟里。我含冤恼恨，因此止不住哭了几声，有打扰您的地方，望您能饶恕。"海神点头说："念在你平日为人正直善良，我为你指条明路，你只须托梦给家人，让他们前往保定于成龙府衙告状，包管你申冤报仇，擒拿恶贼正法。"殷员外叩头感谢，海神腾云驾雾往南面去了。

殷员外一听说可以报仇，顿觉心中欢喜，马上决定回家给儿子托梦，让殷申去保定府衙鸣冤告状。殷员外等夕阳西下后离开水沟，到了三更时分，带着一阵旋风来到杨村自家门前。刚要进家门，便听见有怒喝之声："冤魂，不要往前走!"殷员外止住脚步,见对面站着两位门神,全身都穿着铠甲,手拿兵刃,殷员外立即跪倒在地,讲述了自己的被害经过,乞求道:"多蒙海神指引回家托梦,求二位门神开恩,放我进去!"门神赞叹说:"殷实,念你平日乐善好施,无缘无故被人勒死,大仇未报,我们就开恩容你进去说明冤情,你办完事要快回河沟看守尸首!"说完,两位门神朝两边一闪,殷实站起来,一阵旋风进了自家门内,来到书房里边,看见殷申正在床上睡觉。殷员外心如刀绞,含着眼泪说:"儿啊,父亲我昨天在城西散步解闷,走到松林,遇见一人寻死……"他将被害经过讲述了一遍后,又一阵阴风,回到河沟里。书房里的殷申被梦惊醒,翻身坐起来,心里十分惊疑,说:"这个梦好稀奇!我分明听见父亲说被赖能杀害,叫我去保定府鸣冤,还说会暗中跟我去告状。"一想到父亲可能遇害,殷申不由得失声痛哭。哭到了天亮,殷申来到母亲房中,不敢隐瞒,将昨晚的梦告诉了母亲宫氏,宫氏听完也放声大哭,跺脚捶胸,哽咽不止。

在殷申的劝说下,宫氏止住了眼泪,母子二人开始商量如何到保定府告状。殷申怕惊走了赖能,不敢走漏风声,偷偷收拾行李,于黄昏时候离开杨村,星夜朝保定府赶去。

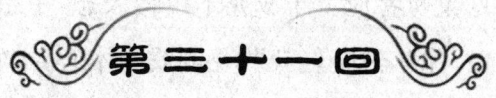

第三十一回
冤魂上堂讲遭遇
五六爪螃蟹告状

殷申不辞辛苦，走到了保定关厢住店，店小二来问殷申说："客官，吃点什么？"殷申说："吃喝不用，我只是想问一件事，保定府抚院于成龙这个官儿怎么样？"店小二说："于大人为官清正廉洁，这点哪有人不知道啊？"殷申又说："实不相瞒，在下有个案子，要到于大人府衙鸣冤，不知进这衙门得花多少钱？"店小二说："贵客，于大人不像其他的官，他手下的衙役不敢索要分文，你若告状，到衙门口喊冤就行，包管有人带你进去。"殷申听完后放心地在这家店住下了。

第二天一早，殷申赶到衙门，高声喊冤，值日衙役将他带到公堂上。于成龙看到是一个年幼的村民，便问："你叫什么名字？家住在哪里？有什么冤情到本官这里告状？"殷申跪爬半步，说："大人，我家住在通州杨村，名叫殷申，今年十八岁。我的父亲名叫殷实，年过六旬，被本村一个凶徒赖能勒死，尸首抛在河沟里，我舍命前来，求您给我父亲报仇雪恨。"于成龙问："殷实被赖能所害，谁是见证？"殷申说："大人，我的父亲托梦说会跟我一同来告状，求大人问问他，便知道事情经过了。"于成龙惊疑，便开口问道："殷实上堂听审！"连叫数声,并不见冤魂答应。于成龙不由得大怒,手指殷申骂道:"大胆的刁民,你年纪轻轻就敢说谎戏弄本官,本官一定难饶你!"于是吩咐衙役重打殷申,吓得殷申魂飞魄散,泪如涌泉,连声求饶。原来,殷员外的冤魂刚要进衙门,忽然迎面出现一道金光,二位门神挡住了去路,分别站在一左一右,头戴金盔,腰系珠宝,穿着战袍,胸前挂着一面宝镜,威风凛凛。两位门神对着殷员外大喊:"何处冤魂到此?"殷员外闻听,哭诉了一遍,跪倒在地上。

二位门神闻听,点头说:"你是奉海神指引前来,既然如此就放你进去吧。"说完闪身让出一条路。殷员外驾起旋风就刮进衙门,只听衙役发喊,按定殷申,冤魂殷实离于大人不远,暗中讲话喊冤说:"大人快救性命!"于成龙正要重打殷申,听见有人喊冤,瞧左右并没有人,心下惊疑,吩咐手下放了殷申。于成龙问道:"刚才是什么人喊冤?"殷员外在暗中答应说:"启禀大人,小民被恶人害死,冤魂前来告状诉苦。"随即将被害经过细说了一遍。于成龙听完,想起了宋朝官员包公白昼断阳,夜间断阴,原以为是荒唐之言,今日看来,果然有这样的事!想完,于成龙说:"殷实冤魂,本官接下你的冤状,你先回去看守尸首,本官随后查明情况会替你报仇雪恨,你再也不要白天现形,出来吓人了,回去吧!"冤魂拜谢,一阵旋风出衙,回河沟去了。于成龙派人带殷申离开衙门去捉拿赖能,等恶贼被带到时继续开堂审案。于成龙退堂后,又扮作云游道士,暗出衙门而去,前往河西务,私访凶手。

于成龙离开保定府衙,一路微服私访,这日来到通州的杨村附近,顺着河边走,望见一人坐在河边撒网。此人就是勒死殷实的赖能,自从抢去殷员外的二十余两纹银,他还是照旧贫苦,只好拿网来到河边,指望打些鲜鱼去卖。常言说"人丧良心,神佛不容",赖能打鱼网网都是空的,一条鱼都没有。于成龙走到跟前,说:"可以向您打听一件事儿吗?"赖能打量于成龙,只见他头戴鱼尾金冠,身穿墨蓝道袍,腰系黄绒丝绦,脚穿水袜云鞋,面如明月,眉高目清,一看就不是等闲之辈,不敢怠慢,连忙站起身来回答:"道爷请坐,不知您要打听什么事啊?"于成龙连称:"不敢,在下今日云游到此,看见您在打鱼,也想要打上几网,不知你答不答应呢?"赖能说:"这有何难?道爷请打上几网吧。"于成龙接过网来,坐在河坡上,一连下了数网,网住两个顶大的螃蟹,一个有五只爪,一个有六只爪。于成龙看罢心想:"从来没见过这样稀奇的事,里边一定有什么缘故,本官到通州得详细打听一下。"想罢,于成龙捞上螃蟹,交给了赖能,说:"请问老兄贵姓?"赖能说:"不敢,在下名叫赖能,住在杨村。"于成龙又问说:"杨村有个叫殷实的员外,不知道您认不认识?"赖能一听吓得抖如筛糠,勉强镇定下来,回答说:"道爷,殷员外是本地首富,听说最近出门游春后便下落不明。"于成龙见他那番惊恐的神情,就已经明白了几分。赖能接着说:"道爷问起殷实,和他是亲戚还是朋友啊?"于成龙说:"贫道久闻他行善之名,所以才问问,竟不知下落,真是可惜。"说罢,告别了赖能,仍顺河边直奔通州城。来到通州城中,于成龙到衙门内见了知州,知州见于大人突然造访,吓得胆战心惊,马上伺候于成龙升堂。于成龙伸手拔签,高声吩咐道:"捕快何雄,你速到杨村捉拿凶犯赖能前来听审!"何雄接令前去。

赖能回到家中,正坐着休息,忽然听外面有人叫门,便出来开门,认得是州里的公差,暗自吃惊,强装镇静地说:"四位老爷到此,不知有何贵干?"公差冷笑说:"姓赖的,实话告诉你,今天保定府于大人前来私访,现在在知州那里,指名要捉拿你,你快跟我们走一趟吧!"边说边取锁,"哗啷"一声,套在赖能脖子上,不容分说,带着赖能回到衙门。

赖能被押到公堂之上,见到于成龙坐在上边,立即磕头说:"大人,小民本是平常百姓,不敢行凶。关于殷实的事,我什么都不知道,求青天大老爷明察啊。"于成龙大怒,骂道:"凶徒,你图财害命,还以为没人知道!分明是你把殷实勒死,还想赖账!赖能,你抬起头来!"赖能把头一抬,端详,认出于大人就是那河边打鱼捞到螃蟹的老道,赖能不由得心生害怕,磕头说:"小的该死!"

于成龙说:"你赶快招来!要不就夹棍伺候!"两边衙役一听,顿时夹起赖能,开始施刑。这时,公堂下忽然刮起旋风,风中似乎裹着一个人,传出一个声音说:"赖能,你快些招认,我殷实要与你一同到阴曹地府!"恶贼一见,吓得连忙说:"大人,我愿招!"于是他将自己杀害殷实的经过详细讲了一遍,又画押招供。于成龙令人责打他四十大板,关入大牢,秋后处决;又立刻派人到松树林旁的河沟里捞出殷实的尸首。附近居民百姓都闻讯赶来观看,大家谈论纷纷,都为好人不长命而惋惜。

殷员外的妻子宫氏也跟丫鬟坐车赶来。下车后看到丈夫尸首,宫氏悲痛欲绝,眼泪顿时像洪水般涌出。她上前一把抱住丈夫的尸首,口中连说:"你死得好冤啊!"知州大人上前劝说,宫氏对知州千恩万谢,不住地磕头。

于成龙处理完这个案子,听手下禀报说老佛爷南巡回来,龙船已经离这儿不远了,请于大人去接驾。于成龙默然不语,暗自想:"我前日私访,捞鱼时无意中捞起两个螃蟹,我正在想缘由。今天圣上南巡回来,我正好借接驾时仔细查访一下,为百姓除害。"想罢,于成龙吩咐手下预备船只准备接驾。第二天一早,于大人带着手下登舟开船,往天津驶去。这天,于成龙的船队来到蒙村河岸之上,有一个妇人喊冤。于成龙吩咐船只靠岸,带上那个告状的妇人。

不多时,告状的妇女被带到船头。于成龙瞧看,那妇人未搽胭粉,身穿罗裙,举止端庄,于是便问:"你为什么喊冤?不许胡说,若有虚假,本官一定铁面无私,定你重罪。"妇人刚一开口眼泪就落下来了,说:"大人,我是山西汾州府人,丈夫是举人冯文,原在京城中做官,前一段时间刚刚升官,我们在赴任途中误雇贼船……"她从头至尾将遭遇讲了一遍。于成龙听罢,接过状纸,仔细查看。然后派人将尹夫人送回庵中暂住,等候开堂审案。

于是船继续往前走。这日来到葵庄,听得庄上有人喧嚷,有三个人打架闹事。于成龙吩咐手下将闹事的人带来审问。

一会儿这三个人就被带到于成龙面前,于成龙大声问道:"大胆凶徒,为什么吵闹?"三人连忙回答,其中一人先说:

"小的兄弟二人,名叫庞五、庞六,以撑船为生。"于成龙突然打断了庞五的话:"你们二人就是庞五、庞六吗?"二人大吃一惊,马上回答说:"大人,我们是庞五、庞六啊,那人替我们撑船,不料三月份的时候偷了我们的钱逃走了,今天让我们遇着了,他不但不还钱反而打骂我们,恳求大人替我们做主。"于成龙不由动怒说:"这是小事,你俩先说为什么行凶害死冯文?尹氏已经向本官告了你们的状,本官正要捉拿你们,不料你二人正好送上门儿来。你们快招实情,有一句话说错,本官就让你们吃点皮肉苦。"二人忙说:"大人,我们都是良民,怎么敢图财害命!求大人明察。"于成龙冷笑说:"既然怕死,就不该图财害命!还敢当堂赖账?已经有五只爪和六只爪的螃蟹向本官告你们的状,这两只螃蟹指的就是庞五和庞六你们两个。证据确凿,你们还是不招,那就只好夹棍伺候了!"衙役们听令上前夹起庞五。庞五疼痛难忍,差点疼昏过去,大声叫道:"大人,我招就是了!小人原本是强盗,见冯文行李沉重,便心生歹念。骗他祭祀河神,将他推到河中,又杀死了两个家仆。庞六贪图尹氏美貌,想逼她成亲,所以才没杀她。我俩图财害命,罪该万死,求大人饶命!"于成龙又追问庞六说:"现今庞五已经实招,你还想赖账吗?"庞六无言以对,只得实招画押。

于成龙又审问那个打架的人,原是一个盗贼,名叫杨立。于成龙审明后打了他四十大板,投入天津大牢监禁。又派人传来尹氏,送给她盘缠把她送回老家,处理完这些事,于成龙又接待了老佛爷,然后就回保定府了。

第三十二回
何素为女挑佳婿
侯恶人商量定计

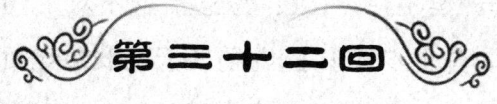

直隶顺德府沙河县小柳村,有个叫何素的人,家中有点儿钱,和妻子曹氏有一个女儿,名叫何秀芳,长到十六岁,十分美丽,擅长琴棋书画和织绣针线活,还没许配人家。

一天,何素夫妻俩在房里坐着聊天,何素对妻子曹氏说:"咱俩现在除了女儿就没有什么烦心事儿了。我已经让媒婆帮她留心了,真不知道什么时候咱女儿能出嫁?"曹氏说:"相公,秀芳年纪还小,着什么急啊?咱们慢慢选,不论富贵贫穷,为她选一个才貌双全的女婿。"正说着,忽然门被推开,张媒婆笑嘻嘻地走了进来。

张媒婆走进来后给何素和曹氏问好。曹氏问她:"张婆,我女儿的亲事有没有点眉目啊?"

张媒婆含笑说:"杨村的侯信员外家财万贯,和您家门当户对,侯家大公子叫侯春,今年十八岁,人品好,学识渊博,不久就要当官了。侯家今天派我来提亲,那侯公子和何姑娘郎才女貌,十分般配,您二位要是答应了,过两天侯家就下聘礼。"何素边摇头边说:"张婆,我家秀芳还小,没到提亲的时候,您回去就对侯员外说,这事过几年再说吧。"

张媒婆冷笑了一声,说:"您这话就不对了,何姑娘今年十五六岁,年纪也不算小了,您前几天托我给她留意好人家,今天又说年纪小没到提亲的时候,说话也太不算数了!"何素用手指着门外说:"张媒婆,我家女儿由我做主,请您快走吧!"张媒婆赌气离开何家。

曹氏见张媒婆离开,对何素说:"相公,你不是把女儿的亲事托给张、柳两个媒人了吗?怎么刚才回绝了张媒婆呢?"何素说:"娘子,这个侯信为人心狠手辣,经常串通衙门,收钱办事,欺压百姓。他儿子侯春更加凶恶,生性风流,经常和一些狐朋狗友鬼混,侯家提亲咱们说什么也不能答应!我自己倒是相中了一个人——名叫孙馨,与秀芳同岁,人才出众,刚考中了秀才。他俩真是佳人配才子,娘子,你觉得怎么样啊?"曹氏说:"相公,我一个妇道人家,没什么见识,女儿的终身大事还是由你做主吧,你相中了就行。"何素听后十分欢喜,让家仆去找柳媒婆。

不一会儿,柳媒婆来了,问何素:"您找我有什么事儿啊?"何素说:"柳婆,侯家刚才上门提亲我没答应,我另有中意的女婿,绿堤村里孙秀才的儿子孙馨,和我女儿同岁,我看他不错,就麻烦您去捎个信儿,好叫他家再请你来提亲,要是能定下这门亲事我一定好好谢谢您!"柳媒婆大笑说:"您放心,这事儿包在我柳媒婆身上了,我现在去见孙秀才,你就等着我回来报喜吧。"说完就奔孙秀才家去了。

柳媒婆一会儿就到了孙秀才家,"咚咚咚"敲门。孙馨听见声音,来给柳媒婆开门。

俗话说"婚姻大事,父母之命,媒妁之言",所以柳媒婆看见开门的是孙馨,便笑着说:"孙公子,你父亲在家吗?"孙馨回答:"在家,您有什么事情啊?"柳媒婆说:"我有话对你父亲说。"说完便迈步走进屋里。孙秀才坐在厅堂中间,见到柳媒婆进来,笑着说:"柳婆快请坐下喝茶。"柳媒婆坐下便说:"孙秀才大喜啊!"孙秀才叹气说:"我家境贫苦,能有什么喜事啊?"

柳媒婆就把提亲的事说了。孙秀才大笑说:"柳婆,您别和我说笑了。我一直听说何家小姐美貌贤惠,拒绝了很多官宦富豪的上门求亲,怎么会相中我儿子呢?您是在哄我吧?"柳媒婆说:"姻缘大事,我怎么敢撒谎哄人呢?何素看中了你家公子,所以叫我来捎个信儿,好让孙家去提亲,这是千真万确的,您就别多心啦。"孙秀才说:"柳婆,就算何家看得上我儿,可是我家一贫如洗,糊口都很难,哪有钱娶亲完婚呢?"

柳媒婆说:"孙秀才,你只管找媒人上何家提亲就行了,何素说招倒插门女婿,聘礼什么的都是女方自备。"孙秀才喜之不尽,说:"柳婆,那我就答应啦,还请您为我家做媒,上何家提亲。等这门亲事定下了,我一定好好谢您。"柳媒婆说:"今天天色已晚,等明天我一定把这门亲事办成,再来给您报喜。"说完,柳媒婆离开了孙家。

张媒婆在何家碰了一鼻子灰,去侯家回信儿。刚走进大门,侯员外就问:"张婆,何家答不答应?"张媒婆生气地连摆手带摇头,把何素拒婚的经过说了一遍。侯员外听后很不高兴,说:"何家今天不答应,就明天再去求亲,一直到他家答应为止！先给您三两纹银去说媒，要是说成了就给您一个元宝。"侯员外立马把银子递给了张媒婆。

这个张媒婆是个贪财的人，一听说等事成以后给元宝，她第二天早早就爬起来了，收拾利索后又到何家求亲去了。

何素一见张媒婆又来了，气就不打一处来："婚姻大事，非同儿戏。我家已经有了人选，侯春我们不敢高攀，你不要再说了，快点回去吧！"张媒婆没话可说，只好回去答话。

张媒婆刚走，柳媒婆就来了，进门就说："孙家答应和你家定亲了，但是没有钱下聘礼和完婚，情愿做上门女婿。"何素很高兴，说："好啊！那我和娘子商量一下，选个大吉大利的日子过聘礼。"何素说完就去找了本黄历拣选日期，选定十月十三日双方见面下聘礼，十六日招女婿过门。于是何家开始忙碌起来，托柳媒婆给孙家送去十两银子，以备完婚使用，还准备洞房花烛，买绸缎，雇裁缝，给女婿女儿做新衣服，打发家人去买礼物等。

侯春两次提亲都被何家拒绝了，于是怀恨在心。听说孙家下聘礼，侯春便破口大骂："何素，这个不知好歹的东西！世人都嫌贫爱富，偏偏他嫌富爱贫，从来没见过女方向男方提亲的！孙馨不过是个被赦免的充军罪人的孙子，我的妻子被他抢占去，我咽不下这口气！等我和父亲商量一下，向县衙告他逃兵役，再花些银子买通官府，一定能打赢官司，把他俩拆散，然后我再去向何秀芳提亲，秀芳一定愿意抛弃那个倒霉蛋嫁给我！"想好这般，侯春便跑到父母房间大吵大闹："父亲，快点搬家吧，杨村住不下去了！"侯员外疑惑地问："儿子,有事好商量,不要闹了。"侯春把脚一跺,说:"商量什么?人家把我老婆夺走了,您老人家还在这里装聋,过什么日子?散了得了!"

　　侯员外见儿子气成这样,便听从了侯春的诡计。他吩咐家仆备马进城,买通了县衙书吏郑楫,将官府卷宗中记录的"军犯孙茂被赦免罪名返回家乡,以此证明"的字挖去,再用白纸补好,让人再也看不到这条记录。侯春又写了张状纸把孙馨告上县衙,约定十月十六一早去抓人,好给新人一个扫兴,使何家丢脸。

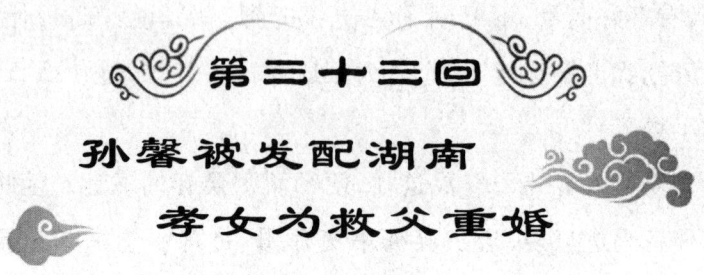

第三十三回
孙馨被发配湖南
孝女为救父重婚

何素把聘礼送到女婿家中,请亲戚看礼接茶,喝定亲喜酒,柳媒婆带领新郎孙馨进房拜见岳母,行了四拜,礼毕归坐。曹氏仔细打量了一下女婿,看得是满心欢喜,满意极了。

转眼到了十月十六,何素吩咐家人安排喜宴,四人抬着官轿,跟着鼓手和唢呐手,柳媒婆头戴红花身穿花袄,一行迎亲队伍鼓乐喧天,朝小杨村大路走去,惊动了很多邻近村民来看热闹。

孙家这边,孙秀才嘱咐儿子孙馨说:"何家的喜轿就要到了,你快点梳洗,戴上头巾,穿好新郎服等着做新郎去入赘。"想想还是不放心,接着说:"你到何家当女婿,更要用心读书。你爷爷被充军遇赦回到家乡,我才能考到秀才,你更要发奋图强,刻苦读书,等将来考取功名,光宗耀祖。在岳父岳母跟前,你早晚必须更加殷勤,不可偷懒,你都记住了吗?"

孙馨答应说:"我一定听从父亲的教导!"正在这时,只听鼓乐之声,笙管箫笛齐鸣,四人抬的大轿到了门前。

柳媒婆下马,用手拍门,大声叫道:"吉时已到,请新郎上轿,别误了时辰!"孙秀才欢喜地开门。孙馨高高兴兴地往外走,刚出门槛儿,侯春过来了:"恭喜孙兄新婚之喜!"孙馨一看是同学,只得拱手赔笑说:"侯兄,您今天来有什么事情啊?"侯春冷笑着说:"孙兄,我看你帽儿光光,要做新郎,在下有个请柬邀请您去喝杯喜酒。"

没等孙馨答话,孙秀才抢着说:"侯相公,孙馨有事,就不去打扰您了。"侯春微微冷笑:"老先生,是官府邀请的,不但您儿子孙馨得去,您也得跟我走一趟。"侯春带来的八个公差一听这话,便如狼似虎地跑到孙秀才跟前。打头的公差从怀中掏出一张传票,孙秀才仔细观看,只见上面写着:"侯春揭发逃军孙茂,沙河县知县张明传唤他的子孙孙信、孙馨立刻到当堂听审。如敢违抗命令,就用锁链套住带到县衙。"孙秀才看完怔住了,对侯春说:"孙家与您往日无冤近日无仇,孙馨也是您的同窗好友,您为什么要冤枉我们孙家?"侯春大骂道:"你不要装糊涂!破坏我的婚姻大事,这不是天大的仇恨吗?夺妻之仇,我一定要报!"

公差不容分说,把新郎孙馨和孙秀才锁住抓到县衙去了。何家来迎亲的人、柳媒婆都愣在原地,不知道发生了什么事情,只能干着急。

这时何素说:"就因为他求亲两次都被我拒绝了,而没想到孙馨却是逃军之后,这个罪名不轻啊。侯春一定是买通了衙门,要置孙馨于死地。我一定会使尽家财替他洗清罪名。"于是带领家人进城了。

侯春和八名公差带着孙信和孙馨父子二人来到县衙公堂听审。知县张明问:"孙秀才,你父亲早年犯罪充配湖南,

173

为什么谎称自己被特赦？快从实招来！"孙秀才回答："知县大人，很多年前，我父亲被冤枉，发配到湖南，后来被朝廷恩准特赦回乡，我也考了个秀才的功名。今年侯春向何家小姐求亲好几次，何素不答应，而是将我儿子孙馨招赘，因此侯春怀恨在心，诬告孙家。恳请大人明察！"说完直叩响头。

张知县听完孙信的诉词，说："孙秀才，据你所说，你父亲早年充军湖南遇赦，不是逃军？"孙信点头。知县又对侯春说："你是不是为报仇诬告孙家？该当何罪？"侯春忙说："知县大人，我说的句句属实。孙秀才并不是被特赦回乡的良民，如果是，那他一定有官府凭证，请大人问他有没有凭证？"张知县便叫孙秀才把凭证拿来。孙秀才一听，不由得吓了一跳，心中暗自吃惊，说："大人，当年是康熙皇上赦免我家，原有一纸凭证，不料有一年家中失火，把房舍全都烧着了，那纸凭证也烧毁了，本打算另补却没有路费，只好作罢。求大人格外开恩，查阅官府卷宗，里面肯定有记载。"

张知县生性糊涂，没有主见，不擅断案，人送绰号"一盆粥"。他听了孙信的话，觉得有理，便叫人把卷宗拿来查看。可是卷宗上面只有"孙茂充军发配湖南，连同妻子郑氏、儿子孙信一同充军"，却没有"特赦还乡"的字样。张知县看完大怒，大骂："该死的孙信！当堂还敢耍赖？根本就没有特赦还乡这回事！念你年事已高，就将孙馨押到湖南充军，用孙子代替祖辈受罪，理所应当！"说完就吩咐公差给孙馨上了刑具，准备上路。

正在这时，何素赶到了，看到孙家父子就说："亲家，让您受苦了!"孙信说:"亲家,侯春把我们害得好苦啊!"何素不由自主地流下眼泪:"亲家,侯春为人刁恶,横行霸道,派媒婆两次上我家提亲,都被我拒绝了。我是看中了孙馨,不料却害了他啊!我听说孙馨要替祖辈受罚,充军发配湖南。我家女儿会严守妇道,一直等孙馨回来。我在酒楼定了桌酒宴,咱们去吃个团圆饭,为女婿送行!"

说完他们连同押解孙馨的衙役杨新一行四人来到酒楼。何素对衙役杨新说:"求您把我女婿的刑具松开一会儿,我会给您好处的。"杨新答应了,随即将孙馨手上的刑具松开了。何素让孙秀才上坐,然后归席相陪,家人斟酒。何素先敬杨新三杯酒,又送给他五两银子,托付他路上照应孙馨。吃喝完后,杨新押着孙馨上路奔湖南去了。孙秀才回到家中,气得大病一场,不久便含冤去世了。何秀芳立志为孙馨守节,一心等他回来团圆。

不料侯春又想出一条恶计,他暗地里买通了小柳村的里长周宾,在半夜弄了一个刚刚被埋的尸体放在何素家门外,第二天诬赖何素杀人,将他捉到县衙。张知县糊里糊涂地就把何素判成杀人罪,关在大牢里,秋后处决。

何秀芳母女二人想不出办法营救何素,急得抱作一团,哭得呼天喊地的。这时丫鬟报告说有个朱媒婆前来求见,曹氏吩咐请她进来。不一会儿朱媒婆就进到房内,问:"夫人、小姐,你们为什么哭成这样啊?"曹氏回答说:"朱婆,我家相公无缘无故被人陷害,现在被关在大牢里,秋后就要被处决了,这么大的冤情我们母女却没处申诉,能不伤心吗?那您到这来有什么事啊？"朱媒婆点头赞叹道："可怜何老员外了，也该想个方法搭救啊。"曹氏说："我们实在是想不出办法啊。"朱媒婆装出努力思考的样子，然后说："夫人，我倒是有一个办法救何员外，但是不知道你们能不能答应？"曹氏说："人命关天，我们怎么会不答应呢？您快点告诉我们吧！"朱媒婆说："离这十里远有一位有钱有势的员外，姓侯。"曹氏接话说："您说的是不是侯信啊？"朱媒婆说："正是他。以前侯家状告孙家逃军，与您家结下了仇，所以不敢提亲。昨天听说您家何员外被冤入狱，就想搭救何员外，于是派我来与您商量。如果您答应这门亲事，侯员外包管叫何员外平安无事。"曹氏说："朱婆，我女儿不过是一个乡野村姑，正在为孙馨守节，恐怕不会答应改嫁的。如果侯员外肯出手救出我家相公，我情愿把全部家产都给侯家，您看怎么样？"朱媒婆微微冷笑说："侯员外金银财宝应有尽有，哪里稀罕你家的这些银子？他要娶何小姐过门才肯出力办事，其他的免谈。"何秀芳坐在旁边，心中也拿了一个主意，不等曹氏开口，先就讲话："母亲，事已至此，父亲就要被秋后处决了。父亲只有我这一个女儿，我不救他谁救他啊？为了父亲，我情愿重婚，嫁入侯家。"曹氏微微点头，然后叹气说："女儿，那就只好这样了，你父亲终于有救了。"于是朱媒婆回侯家回信儿，侯家拣选了一个娶亲吉日，专等娶亲过门。

转眼间侯家娶亲的日子到了。何秀芳穿了一身红色的新嫁衣，明艳照人，跪倒在母亲面前，悲声地说："母亲，女儿为了父亲嫁过去了，希望父亲出狱之后您二老能身体健康，长命百岁!"母女二人抱头痛哭。丫鬟将何秀芳搀扶起来,送上花轿。接亲的队伍鼓乐震耳,一会儿就到了侯家,侯春在门口迎亲,将何小姐接下轿,一起拜了天地,双双入了洞房。

一双红烛照得洞房喜气洋洋,何秀芳低着头坐在床边。侯春喝得醉醺醺的,越看何秀芳越高兴,不由得说:"娘子,自古夫妻姻缘都是前世注定的,自从上次清明郊游时看见你,我就开始对你朝思暮想。不料两次提亲都被岳父大人拒绝了,反而将你许配给了孙馨这个家伙,我一生气就把他告了,让他充军湖南。这次又去提亲,怕岳父大人还不答应,于是想了这个办法把他弄到监牢里了,免得他又坏了咱俩的好事。娘子,相公我为了你收买里长打通官府,可没少花钱啊,今晚终于如愿了,你我二人可要好好庆祝啊!"说完就要抱住何秀芳。何秀芳听侯春这么一说,才知道原来这些事情都是他搞的鬼,气得浑身打战,决心杀掉侯春,为孙馨和父亲报仇。于是何秀芳假装顺从侯春,频频给他灌酒。一会儿,侯春醉了,何秀芳趁机拔出侯春腰间的小刀朝他脖子上一抹,侯春"咕咚"一声栽倒在地上昏死过去。

侯信闻声赶到侯春房中,见儿子躺在地上,浑身是血,气得立刻让下人把何秀芳绑了起来,连夜送到县衙,关入大牢。过了几天,侯春伤势好转,到县衙状告何秀芳谋杀亲夫,证据证人都有,张知县就不分青红皂白,判何秀芳秋后处决。

第三十四回
恶侯春调戏田氏
穷郎能告状被抓

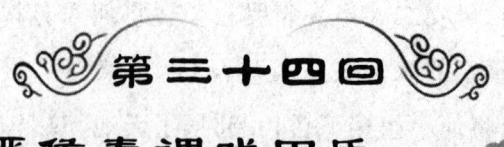

侯春在家里又养了一段时间,伤已痊愈。一天,他闲得没事,到村外散步。

走到村口老井附近,侯春遇见了一个打水的女子,生得体态玲珑,美貌娇娆。侯春立刻被吸引了过去,上前和女子搭话:"请问,这是什么村庄,离县城还有多远?"女子回答说:"此处名叫张家庄,离县城有十里地。"侯春说:"多谢指教。还有一个问题,此处有个种地的人,名叫郎能,您知道他在哪儿住吗?"女子把头一低,说:"客官,那郎能就是奴家的相公,奴家叫田素娘。"侯春心中暗暗高兴:"妙啊,不料一个长工竟能有这么美的妻子。小美人,你是逃不出我的手掌心了!"想完,侯春开口说道:"郎夫人,您相公郎能是我家长工,咱们也算是自家人了。你何必要亲自打水呢,让我为你把水挑进去,累坏了你,我可心疼。"说着,他见四周没人,越发胆大,走到井边,到女子胸前摸了一把,又去挑水桶。田素娘恼羞成怒,想要骂他,但一想到他是相公的主人,也就忍住了,说:"不敢劳您大驾,奴家我平时挑惯了,还是我自己挑吧。"

侯春又说:"在下与郎能像兄弟一样,常听他谈起你,于是很倾慕你,想有朝一日能亲近一回。今天有幸遇上了,我一定得帮帮你啊。"田素娘气得杏眼圆睁,破口大骂道:"男女授受不亲,你分明是调戏民女,想打主意,你先打听打听我田氏的为人!你这个不知羞耻的畜生!"说完,用力端起半桶水来,对着侯春泼去,浇了侯春满头满脸,衣服帽子全湿了。侯春连忙整理衣帽,把水拧出来。田素娘趁机提着水桶跑回家,"哗啷"一声把门插上了。侯春追赶过来,看门已被插死,不由得恼羞成怒,咬牙切齿,发恨骂道:"贱人,我有心爱你,你却无意疼我。"急得侯春在门口直打转儿。他转念一想,有句古话叫作"好事多磨",今天和田素娘初次相遇,估计是她害羞,等她回心转意就会答应的。于是一连几天,侯春都在田素娘门口不住地张望,可她家的门一直不开,也不见人影儿。

  田素娘自从那天遇到侯春之后,一直闭门不出,又气又愁,连饭都吃不下去。终于等到相公回家叫门,才开心起来,把门打开。郎能一进门,看见田素娘瘦了,满面泪痕,吃了一惊,问田素娘:"我才出去几天,你为什么哭啊?"田素娘说:"前几天我到井边打水,遇到侯春,被他调戏,只等向相公说明情况,好去自尽。"郎能说:"贤妻不必生气,咱们明天就去县衙告状。虽然我穷困潦倒,只是他家长工,不过这个官司我们肯定能打赢。"田素娘说:"要去告状,我们肯定会输,因为侯家有钱有势,咱家还是外乡人,知县怎么会向着咱们呢?如今唯有我死了才能避免大祸临头啊!相公别拦我了!"郎能说:"贤妻,我先到县衙告上一状,如果不赢,我会再想办法,这口气不出,我就不算男子汉!"

于是郎能写了一张状纸,朝县衙门走去。他只顾低头往前走,嘴里还乱骂一气。忽然,对面来了个老人,是衙内捕快丁四的父亲丁胡子,已经八十多岁了,手拄拐杖,耳聋眼花。郎能走得太急没注意,一下就撞到了老人的身上,老人往后一仰,倒在地上,嘴张了一张就没气了。郎能吓得魂儿都没了,止住脚步,不敢往前走了。

捕快丁四听说父亲被人撞死了,急忙箭步如飞赶来。见父亲躺在地上紧闭双眼,丁四泪流满面,说道:"这么大一条街,难道还走不下你吗?往我父亲身上撞,我跟你没完!你叫什么?走!跟我去官府!"丁四上前一把揪住郎能,照脸就是一个嘴巴。郎能的脸顿时就肿起来,却不敢还手,忍气吞声地说:"你不要生气,听我解释,我在小杨村侯家干活,今天要到县衙告状诉冤,走得太着急,只顾着低头小跑了,不料撞伤您父亲,实在对不起。我叫郎能,望您高抬贵手,这是误伤,我情愿出十两银子做丧葬费,再送到官府打一顿板子也行。"说完跪倒在地。丁四完全不理郎能的话,把他抓到了县衙。

捕快丁四把郎能抓起来后平静了下来,仔细思考这件事该怎么解决。郎能是在去县衙告侯春调戏妻子的路上不小心撞死父亲的,因此他认为侯春也有责任,而郎能只是一个穷鬼,何不趁这个机会弄侯春点银子呢?打定主意后,丁四对郎能说:"你撞死我父亲,是个意外,只因为你要去告状鸣冤,看你穷成这样,估计十两银子的丧葬费你也拿不出来。我看不如你拿侯家顶罪,让侯家背这场人命官司。"郎能想了想自己和侯春之间的仇,便同意了诬陷侯家。丁四便立刻解开绳索,放开郎能,二人一起写了状纸,递到衙门。

侯春听说郎能到县衙告状,连忙让管家侯德到县衙去送银子,想让张县令判郎能诬告。

张知县收了侯家的银子十分欢喜,面对郎能和丁四的两张状纸暗暗决定:第一个告侯家总管侯德撞死丁四的父亲的案子,判侯德误伤就行;第二个郎能状告侯春调戏自己妻子的案子,因为收了侯春的银子,所以判郎能诬告。

第二天一早,张知县升堂审案。捕快丁四、长工郎能都被带上公堂。

张知县问:"丁四,侯德是怎样撞死你父亲的?"丁四回答说:"老爷,小人状上写的明白,小人父亲今年八十多岁了,身体不太好,在街上散步时被从对面走来的侯德撞倒了,当场气绝身亡。"张知县又问郎能:"郎能,你说你是证人,看见侯德撞死丁老,那你是和侯德一同走路看见的,还是各自走路看见的?"

郎能回答说:"老爷,小人是自己走路时看见的,侯德撞死他就跑了。"张县令说:"来人,传侯家总管侯德来公堂!"衙役答应,奔侯家去了。

张知县又问郎能:"你告侯员外的儿子侯春调戏你妻子,有证据吗?"郎能说:"老爷,小的是侯家的长工,侯春见色迷心,见小的妻子在井边打水,就上前百般调戏,小的妻子情急无奈,提起水桶泼他满身是水,侯春只顾拧水,小的妻子得空跑进家中,把门关上躲过一劫。等小的回到家,妻子把这个经过告诉了小的。侯家有钱有势,小的不敢和侯春理论,所以来县衙鸣冤,求老爷为民做主啊!"张知县问:"侯春调戏你妻子时,有人看见吗,有什么证据吗?"郎能说:"老爷,这样事情都是瞒着人的,哪敢让别人看见呢?况且侯春家大业大,人都怕他,谁敢跟他作对?都是小的妻子告诉我的。"张知县大喝一声:"狗奴才,侯家既属富豪,娇妻美妾自然会买,怎么会喜欢长工的老婆?可能是你借钱不成,心怀私仇,就诬赖侯春调戏你妻子,来人!打他二十大板。"不容郎能分辩,众衙役把他按倒一顿打,打到皮破血流才罢休。

去传侯德的衙役到侯家之后,没有找到侯德,又等了好几天也不见候德回家,音信全无,以为他是惧罪逃走了。侯春便给他二人十两银子,求他们回去美言几句,又托他俩给丁四送点银子。原来,这侯德将送县衙办事的银子偷偷扣下了一半,又把出去要账的钱也扣下,带着这五百两银子偷偷逃走了。侯春打听不着侯德的消息,气得肚子直痛,心里还盼着长工郎能被定罪关入大牢,自己好迎娶田素娘。

两个衙役回到县衙门,对张知县只说侯德突然得了大病,不能前来听审,求老爷宽限。张知县毕竟收过侯家银子,于是便允许侯德一个月之后来听审。

这两个捕快又偷偷把丁四拽出衙门,找到一个僻静的地方,把十六两银子交给了他,说:"丁伙计,我们奉张知县的命令传叫侯德,他的主人侯春就送了我们两个十两银子,又送你十六两,说给老人家治办丧事,还说以后亏待不了你,求你别再追究了。"丁四接过银子,谢过两位衙役,就办丧事去了。

郎能挨了二十大板后被关在大牢里,思前想后,不觉伤心落泪,恨得牙直痒痒,抱怨张知县定是收人钱财冤枉自己。正想着,突然听见有人说话:"你不是在侯家干活的郎大哥吗?"

郎能吓了一跳,寻声抬头望去,只见对面牢房有一个人,脖子上戴着铁锁。郎能仔细一看,原来是员外何素。二人原是旧相识了。

郎能说:"我听说员外您已被判秋后问斩,真是苍天没眼,贪官当道啊!"何素听完摇头流泪说:"是啊,连我的女儿现在也被判杀夫之罪,秋后处决。郎大哥,您在侯家当长工,为什么也被关在这里?"郎能就把原因对何素细说了一遍。二人一起诉苦,抱怨贪官。

何员外的女儿何秀芳坐在牢房里,想起父母亲和远在湖南的孙馨,不禁泪流满面。女牢头冯氏是个寡妇,年纪五十出头,无儿无女,为人非常老实。冯氏见何小姐在牢里不吃不喝,整天抹泪叹气,十分同情她,就亲自为她端来饭菜,劝她想开点,别把身子饿坏了。何秀芳见女牢头劝自己,就勉强吃了点,谢过了冯氏。

郎能的妻子田素娘听说张知县不但不传被告侯春,反把郎能判为诬告,重打二十大板关在大牢里,气得直流眼泪,大骂知县糊涂。她立马做好饭菜带上银两,赶去府衙大牢看望郎能。

狱卒佟方开门往外一瞧,见是一个美貌妇人,便说:"大嫂来看望哪个犯人?"田素娘轻启朱唇说:"这位大爷,郎能是我的丈夫,我来给他送饭,求您放我进去,感恩不尽。"还没等佟方答话，又来了一个叫王均的狱卒，平时不大守规矩，笑着说："大嫂，你相公在牢里整天盼你，你却总不来看他。"佟方见田素娘沉下了脸，连忙来解围，上前把王均推开，说："郎大嫂，不要与他一般见识。"田素娘收回怒气，从袖内拿出纸包说："常言说，'管山的烧柴，管河的吃水'，我相公在这儿坐牢，凡事都仰仗您照应了，可我夫妻都是穷人，这是三钱纹银，送大爷买杯茶喝。"佟方接过银子说："大嫂话说得也在理，请进来吧。"田氏跟随佟方往里走。一见丈夫脖子上戴着铁锁，面黄肌瘦，忙走到丈夫身旁，流泪不止，如断线珍珠一般。郎能也禁不住悲切。夫妻两个哭了多时。田素娘把带来的饭菜拿出来递给郎能，他哪里吃得下去？田素娘又从腰内掏出一包银子，说："相公，这是三两银子，你快点收起来，留着关键时候用。"郎能点头流泪，又低声问田素娘："侯春知道我不在家，有没有到家里纠缠你？"田素娘回答："还没有。我想搬到城里，就在县衙附近租下一间房子住下，一来躲避侯春，二来也好到县衙打听信息，给你送饭。"郎能听了十分高兴，这时狱卒走来说："郎大嫂，你快点走吧，改日再来。一会儿狱官查房，不要被他看到。"田素娘无奈，告别了郎能。

　　侯春自从使钱把郎能关入大牢后，便一心打起田素娘的主意。他一想到田素娘没了丈夫，无父无母，无依无靠，肯定会改嫁，便高兴得手舞足蹈，找了个媒婆上田素娘家提亲。媒婆找不到田素娘，侯春就自己跑到张家庄打探，听说田素娘搬家了却不知道搬到哪里，急得像热锅上的蚂蚁似的。他发狠恼怒起来，决定再破费几百两银子，把郎能害死。

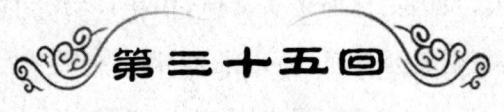

第三十五回
于成龙私访明察
众良人冤情昭雪

于成龙办完井纯和山万里的案子,继续到各处私访,这天走到了沙河县,在县城一家叫悦来轩的茶铺歇脚。

悦来轩里摆有十多张桌子,坐满了各色喝茶的人,果品瓜果俱全,跑堂的来回奔忙。众人都在讨论侯春,说侯春真是坏事做尽,一人害得多人家破人亡——孙馨充军,父亲孙秀才病死,何员外和何小姐秋后处决,郎能被关入大牢,妻子田素娘不敢回家。正说着,从外边进来几个衙役坐下喝茶,大家马上都不讲这些话了。于成龙听见众人所说,不由得心中大怒:"好个恶贼,竟然敢如此横行霸道,欺压百姓!待我查明此事,如果他们说的都是真的,我一定不会放过侯春。"

于成龙决定先找个人详细问一下事情的经过,见刚才谈论最多的人起身离开茶铺,便跟了出来。那人转弯抹角,来到一条小巷,刚要往里走,于成龙便迈步走到那人背后,叫了声:"施主,你可好吗?"那人听见叫他"施主",转过身来看,见是一个道士,后面跟着个小道士,于是面带疑惑地问:"道爷,我与你从来没见过面,你叫住我有什么事情啊?化缘的话我是穷人一个,可没有银两。"于成龙摆手说:"贫道并不化缘,也不化斋饭,只因见你面带着喜色,掐指一算,知道你要有喜事了,不是发财就是升官,所以来告诉你一声。"

那人一听,"扑哧"笑了出来,说:"道爷,你说得我有些不信,我就是一个穷秀才,饭都要吃不上了,哪里还有财发?三亲六故和左邻右舍都没有做官的人,谁来提拔我?你说的什么时候能应验啊?"于成龙说:"就在眼下,如果你不信,寻个僻静的地方,让我细细告诉你。"于是那人有些欢喜,带于成龙主仆二人来到自己家中。

这秀才住着三间土房,打扫得很干净。秀才摆上了酒菜招待于成龙,借着喝酒的间隙,秀才仔细打量,见这个道人衣袍干净,品貌清奇。于成龙也仔细打量,见秀才衣帽残旧,人品清秀。秀才开口问道:"道爷,您在哪座名山修炼啊?怎么称呼?"于成龙说:"公子,我见你是老实人,就跟你说实话吧。我就在直隶保定府,姓于,名叫成龙。我向你打听一件事,你如实告诉我,保管立刻大喜升官!"

秀才一听吓了一跳,酒杯掉在地上,连忙双膝跪倒,说:"大人,小人有眼不识泰山,望大人原谅。"于成龙拉起他,说:"你叫什么名字?刚才在茶铺听你说起那个小杨村侯财主,还有充军的孙馨,在大牢里的何素、郎能等人,茶铺太吵我没听明白,所以想知道清楚,望你仔细给我讲一遍,如果属实我一定提拔你,你难道不想升官发财吗?"秀才马上回答说:"大人,我叫王景命。侯春父子仗势欺人,不断作恶,欺压百姓,现在已经害了好几个好人。偏偏沙河县张知县却又糊涂,判案不明,把良民百姓都关在牢里了⋯⋯"秀才王景命把事情的来龙去脉都讲了一遍,听得于成龙怒火攻心,说:"王景命,你不要走漏风声,我这就回保定府查这两个案子,等事情办完,我一定提拔你。"说罢出门,回保定府去了。

于成龙回到保定府衙。脱下道服换上官袍,稍稍休息,便写了一张传票,派手下杨副将去沙河县带知县张明、里长周宾、小杨村侯春、朱媒婆、何素、何秀芳、郎能和田素娘等人。

第二天一早,杨副将带领一班衙役来到沙河县。张知县不敢怠慢,连忙出县衙迎接。他把众官差接到屋内,好生款待,然后按照传票上写的人名派人一一去找。不一会儿,侯春等人都被聚齐,带往保定府听审。途中这些人心里都七上八下,暗暗猜测自己为什么被官差带走。

于成龙见涉案的人均已到齐,立刻升堂。由于事先已经查得清楚,于成龙直接审问侯春,说道:"侯春,你色胆包天,使钱行贿,陷害好人,害完孙家父子,又害何家父女,还调戏郎能妻子,将郎能关入大牢。你做尽坏事,别想耍赖狡辩,快些招供吧,省得挨板子!"侯春见于成龙说得这样清楚,明白自己干的事儿都被于成龙知道了,吓得魂飞魄散,连着磕头说:"大人,小人不敢耍赖,望大人饶命。"于成龙又审问朱媒婆,朱媒婆见侯春已经招供,知道自己不招也没用,于是也招了。于成龙气得吩咐衙役各打侯春和朱媒婆四十大板,二人边挨打边求于大人饶命,一会儿就承受不住了,四十大板还没打完就一命呜呼了。

于成龙吩咐衙役将尸体拉出去,贴出告示说明案情,安抚百姓；然后解开何素的枷锁，让他夫妇领着女儿秀芳回家了；又释放了长工郎能，让他和妻子田素娘团聚；张知县革职，永不录用；里长周宾知法犯法，充军发配到广西；又派手下带着公文去湖南解救孙馨；最后赐何秀芳一块牌匾，表彰她"孝烈可嘉"；赏举报有功的秀才王景命为举人。

　　皇上得知于成龙明察暗访，屡破冤案后十分高兴，赞赏于成龙秉公执法，清廉公正，断案如神，便提升他为太子少保、兵部尚书。直隶的百姓感激于成龙除暴安良，造福一方，为他建起一座祠堂，塑成一尊泥像，真心实意供奉他。从此，于成龙智谋断案的故事世代相传。